泥の蝶

インパール戦線
死の断章

津本 陽

幻冬舎

泥の蝶

インパール戦線死の断章

装幀　平川　彰（幻冬舎デザイン室）
装画　井筒啓之

目次

兵士の運命

午後三時過ぎの陽射《ひざ》しが頭上から照りつけていた。ビルマ（現在のミャンマー）の首都ラングーンからマンダレーへむかう幹線道路を、およそ二百五十キロほど北上した、トングーという小都市の手前、カバン河畔である。

昭和十七年三月二十五日、日本陸軍第五十五師団騎兵第五十五聯隊《れんたい》は、第五十五師団主力の右側面後方に位置して、軍馬を駆使しての捜索、戦闘に機動力を発揮し奮戦していた。

聯隊は、出動時の兵員九百八十七名、馬匹《ばひつ》千百十五頭の純乗馬編成で、陸軍最後の騎兵隊であった。この日、敵との戦闘が予想されたので、乗馬《のりうま》は後方に残し、全員が徒歩である。

第五十五師団は三個歩兵聯隊を基幹として編成されていた。一個聯隊は平時で千五百人前後、戦時には三割ほどが増員される。

師団長竹内寛中将のもと、歩兵の総指揮官である歩兵団長、堀井富太郎少将が統率する部隊は、歩兵第百十二、第百四十三、第百四十四聯隊、騎兵第五十五聯隊、山砲兵第五十五聯隊、工兵第五十五聯隊、輜重兵《しちょうへい》第五十五聯隊で、総員一万七千余名であった。

騎兵第五十五聯隊第一中隊の分隊長加藤操六兵長は、昭和十五年二月五日、十九歳で善通寺の騎兵第十一聯隊に志願入隊し、下士官養成学校である千葉県習志野騎兵学校で一年間の特科訓練をうけた。

帰隊後、兵長に進級した。兵長は二等兵、一等兵、上等兵の上位にある。兵長までは兵である。兵長の上位である伍長から軍曹、曹長までは下士官で、武官と呼ばれる官吏であった。

兵長という階級が設けられたのは、昭和十六年である。それまでの歩兵一個中隊の戦時編成はつぎの通りであった。
中隊長（大尉）　一名
中隊付将校（中尉、少尉）　三名
准尉　一名
曹長　一名
軍曹、伍長　二十名
上等兵　二十一名
一等兵、二等兵　百四十五名
合計　百九十二名
三個中隊で一個大隊が編成され、三個大隊で一個聯隊となる。
そのため歩兵一個聯隊の定員は千七百二十八名となるが、騎兵、砲兵、工兵、輜重兵などの特科聯隊の員数はこれよりもすくない。
加藤兵長は百八十センチの長身で、入隊後下士官候補としての訓練をうけた。二人の兄は陸軍士官であったが、彼は一日も早く戦場にむかいたいので、志願兵となったのである。
入隊して二年余のうちに、加藤兵長はさまざまな体験をつんできた。習志野騎兵学校では、体力の限界を超えるほどの激しい訓練を受けてきたが、教官である軍曹から、屈辱に堪えきれないほどの制裁を受けた経験が、いつまでも生々しく残っていた。

ある日、騎馬で竹林のなかを通過する訓練を受けたのち、乗馬の手入れをして厩舎《きゅうしゃ》へ入れた。翌朝、加藤の乗馬を曳《ひ》き出してみると、左脚のつけね辺りに竹の枝で切れたと思える疵《きず》があり、膿《う》みかけていた。

ごく小さな傷口であり、つい見逃していたので急いで手当てをしようとしたが、教官の軍曹が見逃さなかった。

「貴様っ、何ということをしたんだ。前へ出ろ。気合をいれてやる」

軍曹はふだんから訓練を受ける一等兵たちに、過酷な鉄拳制裁を加えるので有名であった。加藤は覚悟をきめ、不動の姿勢をとった。軍曹は両拳をかため、力のかぎり加藤の頬を殴りとばす。

厩舎の通路は全長六十メートルであった。加藤がよろめく足を踏んばろうとすると、つぎの打撃がくる。踏みこたえられず転がると叱咤《しった》した。

「立て、根性がすわっていないから倒れるんだ」

立ちあがろうとすると足払いをかけてくる。あおむけにひっくりかえり、立とうとすると、猛烈な拳打ちが鼻柱に当り、二メートルほども吹っ飛ばされる。

意識が遠のきかけ、倒れていると、背中を長靴《ちょうか》で息がとまるほど蹴《け》られる。四つん這いに立ちあがったが、たちまち顎《あご》に打撃をうけ、踏みとどまれず、二、三歩うしろへよろめく。軍曹は鬼のような顔つきで喚《わめ》く。

「しゃんとせい。わざとよろけて見せりゃ、よけいに殴られると覚悟せい」

加藤は六十メートルの通路を、殴られながら一往復した。

軍曹は拳に巻きつけた手拭いをほどきもせず、立ち去っていった。

奥歯が砕け、意識朦朧《もうろう》とした加藤は、同僚の肩にすがり兵舎に戻った。

同僚の一等兵たちは加藤の顔を湿布で冷やし、傷口に薬を塗りこみ、手当てをしてくれた。

だが加藤は消灯後、寝台に身を横たえたのちも、睡《ねむ》れるどころではなかった。胸中に煮えたぎる憤怒《ふんぬ》が、彼をある行動に駆りたててやまない。

いかに上官であるとはいえ、軍馬の体についたわずかなかすり疵を見落しただけで、百二十メートルの距離を殴られながら、倒れては立つことをくりかえしたわが姿を思いうかべると、どうしても軍曹を殺さねばならない。

自分もそのあとで自殺する。男の面目をこれだけ踏みにじられ、忍従することは死ぬよりも辛《つら》い。

加藤は騎兵であるので、軍刀を持っている。刀身には刃がつけられていた。いまから軍曹のいる教官室へ乗りこみ、滅多斬りにしたあとで、自分も頸動脈《けいどうみゃく》を切断し自殺しようと覚悟をきめ、起きあがった。午前二時頃であった。

そのとき、彼の周囲の寝台に寝ていた同僚の一等兵たちが、すべて起きあがった。彼らはおどろく加藤を取りかこみ、たずねた。

「どこへゆくんだ。軍曹を殺しにゆくつもりか」

「殺せば貴様も死なねばならんぞ」

加藤はたずねた。

「貴様たちは、軍曹に俺の見張りを頼まれたのか」

一人が答えた。

「そうだ。加藤は今夜あたり俺を殺しにくるかも分らないから、気をつけていろということだった。軍曹のやりかたは、たしかにあまりにもひどかった。あれでは殺さねば恥をすすげないと思って当然だ。軍曹をやってしまうのは、さほどむずかしくはないだろう。しかし、貴様のこれまでの苦労は水の泡だ。戦場で武功をあらわさずに死ぬのは、犬死だ」

皆が加藤をなだめた。

「腹にすえかねるのは分るが、戦場に出れば命のやりとりだ。もっと手ひどい目に遭うこともあるだろう。ここで無駄に死ぬことはない。こらえてくれ、加藤」

同僚たちは涙を流し、説得しようとつとめた。加藤は彼らのおかげで、上司を殺さずに済んだ。

加藤は原隊に戻り、兵長に進級した。留守中に第十一聯隊から第五十五聯隊が分離独立していた。陸軍はきたるべきあらたな大戦にそなえ、軍備改編を急いでいた。
昭和十六年十月一日、騎兵第五十五聯隊に動員令が下った。
聯隊長川嶋大佐、副官山口中尉
　第一中隊長吉岡中尉
　第二中隊長矢野中尉
　第三中隊第二小隊長白石准尉
　機関銃小隊長石井中尉
このほかにフィリピン、ニューギニア方面へむかう、第三中隊長川島中尉の率いる八十余名がいた。
動員下令以来、連日続々と召集令状を受けた将兵が入隊してくる。三十代から四十代の古参兵もいた。聯隊編成は一週間後に完了、五十日ほどの待命期間があり、十一月十九日午前一時、ラッパの吹鳴とともに営門を出て、乗船地の坂出《さかいで》港へむかった。
スパイ活動が懸念される時期であったので、沿道に人影はまったくない。午前四時、乗船地坂出港に到着した。
聯隊が乗船する輸送船は玄山丸（七千トン）、パナマ丸（五千トン）の二隻であった。一隻の入港が遅れたため、出発は二十一日午後になった。
加藤兵長の所属する第一中隊は、聯隊本部、機関銃中隊とともに玄山丸に乗りこんだ。軍馬の積み込みは一頭の事故もなく、巧みなクレーン操作でおこなわれた。

関門海峡を通過するまで、甲板に出られないが、許可が下りたのであがってみると、はるか東方の海上に関門附近の山影がつらなっている。船が南方へむかっているのは分っていた。出動前に夏服と毛布一枚を支給されていた。だがどこへ上陸するのか、聯隊長以下全員が知らなかった。

船長も知らないという。

「時速十三ノットで、何度の方向へ進めという無線による指示だけで、操船しています」

まもなく豚が船酔いをはじめ、つづいて馬が酔う。一日三回、轡《くつわ》を持って六十センチほど前へ引っ張り後へ押し下げる運動を三十分ずつやるが、酔うと眼の焦点が定まらず、涎《よだれ》を垂らす。そうなれば飲食は一切しなくなる。

兵たちも玄界灘を通過する二日間、激しい船酔いで寝込み、失神する者が出た。行先はどこか。船長は東経何度、北緯何度の地点に到着したとき、開封せよという軍事極秘の封書を渡されていた。その地点は台湾海峡の海上である。

聯隊本部では、さまざまの推測をしていた。海南島か、あるいはフィリピン、シンガポールであろうか。米英両国とまもなく戦端をひらくことは、予想していた。

十一月二十五日頃、文書が開封され、仏領印度支那（現在のヴェトナム）のカムラン湾に入港せよという命令が記されていた。

香港沖を南下しているとき、イギリス駆逐艦に発見され、船団の行先、国籍を知らせよと無電で要求された。日本の一般貨物船であると返答すると、そのうえ疑うこともなく遠ざかっていった。

カムラン湾に到着すると、湾口が非常に狭く、輸送船二隻が並んで通れないぐらいであるが、湾内は広大で、琵琶湖ほどもあるという。

日本軍の輸送船が六、七十隻も碇泊《ていはく》していたが、まったく混雑しないで、間隔をひろくとっている。馬を下船させるには、起重機の運転者が熟練していないと、事故がおこりがちであるが、一頭の怪我もなくすべて下船させた。

カムラン湾でひさびさに海老、蟹、パイナップル、バナナ、パパイヤを口にして、元気をとりもどした。海岸に携帯天幕を張り、野営したが、馬の警戒を怠ることができない。附近には毒蛇、サソリがいる。虎も出没して年間数人の住民が食われるという。

第五十五聯隊は翌日夕刻から行軍を開始し、夜中にひたすら先を急いだ。昼間は日本では経験したことのない暑熱で、とても歩けない。北へむかう平坦なアスファルト道路を歩き、昼間はゴム林で寝る。二日間で約四十キロを踏破し、ナトランという町に着いた。

ここで十二月八日を迎え、日本が米英に宣戦布告をしたとの通報が届いた。本部通信班に続々と南海方面部隊の戦勝のニュースが入ってくる。

ナトランに二日滞在したのち、列車で首都サイゴンにむかった。薪《まき》を焚いて走る列車で、通過する駅には薪が山積みされている。機関車はすべて三菱のマークが入った日本製であった。

将兵は板張りの腰掛けで尻が痛くなる三等車に、身動きも不自由なほど押しこまれ、眠るどころではない。一昼夜走ってサイゴンに到着。部隊は郊外に野営した。

数百機の日本軍の戦闘機編隊が、飛び去ってはまたあらわれる。サイゴンに五日滞在するうち、フランス人の経営するプールで泳ぐなどいくらかの休養をとれたが、気候の激変に体が馴《な》れず、兵たちは疲れていた。

彼らの乗馬も疲れきっているようである。善通寺の聯隊にいるとき、手綱《たづな》を放し放馬するとたちまち走りまわり、捕えるために懸命に追いかけねばならなかったが、カムラン湾上陸以来、放馬しても走る馬がいなくなった。首を垂れ、たたずむばかりである。

騎兵第五十五聯隊の所属する第五十五師団は、仙台編成の第三十三師団とともに、第十五軍の基幹となっていた。

第十五軍は、シンガポール攻略にむかっている第二十五軍（近衛《このえ》、第五、第十八、第五十六師団基幹）の作戦を容易にしたうえで、ビルマ作戦の実施にあたることになっていた。シンガポールには十四万人の英軍が、堅固な要塞《ようさい》を守備しており、日本軍は開戦以来、破竹のいきおいでマレー半島を南下しているが、今後の戦況は予断を許さなかった。

サイゴンからプノンペンに七日間かけて乗馬行進をした。プノンペンにしばらく滞在したのは、第二十五軍の戦況をうかがっていたためであった。

加藤兵長らは行先がマレー半島、ビルマのいずれかに決っていないのであろうと察していたが、聯隊が汽車に乗り西北部のバンコックへむかうことになったので、いよいよビルマ進攻だと知った。

十二月二十五日の夜、汽車はバンコックで一時間停車した。市街はクリスマスでにぎわい、在留邦人の国防婦人会が菓子、果物などを届け、接待につとめてくれた。バンコックを過ぎ一昼夜走って、列車はピサンロークに着いた。

そこは市街というよりも大きな村落というようなたたずまいであった。加藤兵長は二十一歳の正月をピサンロークで迎えた。気温はバンコックより低く、夏服を着てちょうどいいほどである。

師団は一月七日から逐次、自動車行軍で国境に近いラーヘンへ出発した。乾季で地面が乾燥しきっているためタイヤは滑らないが、凹凸が多く、車上の人馬は土埃《つちぼこり》にまみれる。埃は雪のように白く、こまかい粉のように地上に積っている。

自動車が走ると綿屑《わたくず》のような埃が舞いあがり、全身まっしろになる。鼻がつまり、口中が埃で唾も飲みこめないような有様になる。

疲れきった人馬はラーヘンに到着し、さらに国境の町メソートにむかったが、この間の道路は工兵隊が昼夜兼行で自動車道に拡幅する工事をおこなっており、未完成であった。

第五十五聯隊はメソートに到着し、準備をととのえた。

ラーヘンからメソートまでの百キロほどの行程は、かろうじて一列縦隊で密林のなかを分けいる小道があるのみであったので、きわめて困難な行軍を強いられた。

行手は千古斧鉞《ふえつ》を入れたことのない深山で、人を食う虎が出没する。駄馬編成部隊はきわめて危険な行軍を強行しなければならない。畳二枚を縦に並べたほどの岩場で、一方は崖《がけ》、一方は深い谷間である。岩場は谷間のほうへ三十度ほど傾いている。

そんなところを、重荷を背負った駄馬を通すとき、一人の兵隊が手綱を曳き、いま一人が尻《しっ》尾《ぽ》を両手でつかみ、用心しながら歩かせるが、それでも谷底に転落死亡する駄馬が多く、メソートに到着したとき、その数が三分の一に減っていた部隊もあった。

五十五師団歩兵第百四十三聯隊本庄勢兵衛大尉は、当時の状況をつぎのように記している。

「一月十一日ピサンロークを出発してからの二、三日は、竹藪《たけやぶ》におおわれた比較的なだらかな丘陵地が続いた。

しかし、四日目ごろから胸つきの山径にかかって息が切れはじめた。いつしかジャングルの深海に吸いこまれていった。

道は人一人がかろうじて通れる、岩と根株の難所の連続。一歩踏みちがえると千仞《せんじん》のジャングルの底に呑《の》まれてしまう。われわれは一列縦隊になって蔓《つる》につかまりながら、一歩一歩よじ登ってゆく。

日中は百度（華氏）を超す炎暑だが、夜は寒気肌を刺す寒さに変る。こうして帯のような長遠な隊列がえんえんとして、峰から峰へ続く。

一日の行程は、わずか四里前後である。困難な行軍の幾日かが過ぎて、一月十七日ようやくラーヘンについた。

ラーヘンからメソートに至る中間に、海抜千五百メートルもの嶮峰が屏風《びょうぶ》のように迫っている難所がある。ラーヘンを出発して三日間は苦難の連続であったが、四日目の一月二十一日の午後になって、隊列は薄暗いチーク林に呑まれていった。ようやく国境の町メソートに近づいたのである」

第五十五師団は、車輛部隊を駄馬または駄牛編成に変更した。山砲隊は輸送弾数をふやすため、各中隊の備砲は一門のみとし、バンコックに残した砲は海路をとり輸送することにした。だが調教していない現地の牛馬は、荷を曳かせるとあばれて兵隊が制御できず、タイとビルマの国境を通過したときは、ほとんど逃げ散っていた。

タイ国境の町ラーヘンからメソートへゆく道は、一列縦隊で密林にわけ入らねばならない。ジャングルに入ってゆくと、蛭《ひる》、ノミが雨のような音をたて、頭上から降ってくる。馬は狂ったように身をもがかせ、兵隊は束《たば》にした芭蕉《ばしょう》の葉で、馬体にとりつく虫を、懸命に払いおとす。

国境の山脈を横切って、工兵隊がとりつけた道は百二十キロに及ぶ。険しい崖と谷がつづく地形から見て、畳二枚を横につないだほどの道路を伐開《ばっかい》するのに、すくなくとも半年はかかるのだが、工兵隊はタイ国軍の協力を得て五十日間で、自動車をなんとか通行させられる道路をこしらえた。

現地人たちは騎兵聯隊の馬の縦列を見て、首を振った。

「馬ではとても行ける道ではない。谷へ落してしまう」

加藤兵長は、たぶんその通りになるだろうと思ったが、行軍しなければならない。

予期した通り、メソートを出発した朝から、谷底へ馬を落しはじめた。騎兵と馬の気持ちの交流は肉親のようにこまやかである。

第五十五聯隊が国境の山脈を横断しているあいだに、四、五頭の馬を谷へ落した。そのたびに七、八人の兵隊が谷底へ駆け下り、起きあがれる馬は何としても引きあげてやる苦労を惜しまなかった。馬は兄弟同様と思っている。

だが、腰が抜けたり骨折した馬は、どうすることもできない。兵隊たちは涙をこぼしながら草や木の葉を山のように口もとへ置いてやり、水を充分飲ませてから辛い別れをしなければならなかった。

苦楽をともにした馬と別れるとき、自分で射殺しなければ虎に食い殺されるか、そうでなかったとしても馬は飢渇に苦しみ、息絶えるまで、長い時間を過ごさねばならない。

そのため馬を預ってきた兵隊が、自ら処分できなければその場から逃げた。

「分隊長殿、この草を食うてしもうたら撃《う》ち殺してやって下さい」

と叫び、崖をよじのぼって愛馬の最期を見ないでおこうとするのである。

ある兵隊は、曳いてきた馬が谷に落ち、なんとか励まし引きおこそうとして、分隊の仲間と力をふるうが、どうしても立とうとしない。

分隊長がいった。

「こりゃあ腰が抜けとるんじゃ。かわいそうじゃが、ひと思いに処分せにゃいけまあ」

兵隊はすすめられるままに弾丸をこめたが、どうしても撃てない。

彼は苦しまぎれに身につけたお守り袋から故郷石鎚《いしづち》神社のお札をとりだし、鞭《むち》にはさみ、馬を片手で拝んだ。

「立ってくれ。これがお前への最後の鞭じゃけえのう。こらえてつかあさい」

兵隊は馬の尻にひと鞭くれた。

どうせ立つまいと思っていた戦友たちは、馬が身軽く立ちあがったのを見て、眼を疑った。

「おう、お前。俺の気持ちが分ってくれたかや」

兵隊は肩を震わせ、大声で泣いた。

騎兵第五十五聯隊は、一月二十日にビルマ領に進撃し、幾度かの戦闘をかさねていた。

南部ビルマの戦略拠点であるモールメンには英軍ビルマ第二旅団とインド第十七師団の一部、約三千の敵が布陣していたが、第五十五聯隊は一月三十日の夜、モールメン市街に一気に突入し、夜の明けるまえに一部を占領した。

日本軍は破竹のいきおいであった。三月二十五日、加藤分隊長の属する第五十五聯隊は、モールメンから五百キロほど北上した、ラングーン、マンダレー街道を横切る、カバン河に近づいていた。

加藤たちはすでに数度の戦闘をかさねていたが、英印軍は遭遇してもしばらく撃ちあうと激しい白兵戦などは一切おこなわず、たやすく退却してくれるので、実戦とはこんなものであるのかという、敵を軽視する傾向がいつのまにかできていた。

今日も敵があらわれたところで、たいした抵抗もなく逃げ去るのだろうと思う油断が、身内に宿っていた。

時刻は午後三時を過ぎたところであった。昼過ぎに小規模の敵軍と戦ったので、乗馬は後方に残し、全員徒歩でカバン河にかかる橋の東側手前、およそ五百メートルの集落に近づいたとき、水のない河床を四、五人の敵兵が退却してゆくのが見えた。

擲弾筒《てきだんとう》で二、三発の榴弾《りゅうだん》を撃ちこみ威嚇《いかく》射撃すると、その直後、眼前がまっかになり、グァーンという轟音《ごうおん》が聴覚を奪い、地面が地震のように揺れた。

火柱のなかからひと抱えもあるようなコンクリートの塊《かたまり》が降ってくるので、皆木蔭へ走った。火柱が収まっても、砂煙で視界が閉され、握り拳ほどのコンクリートがまだ降っている。

ようやく収まったので、前方を眺めると、カバン河にかかる幅七、八メートル、長さ百メートルほどの橋が、ところどころで爆破されていた。

対岸に敵の小兵力が踏みとどまっているようであったが、日没が近いので、部隊はその附近の村落で野営した。村落の一部は昼間の爆発によって焼け、残り火がときどき燃えあがり、そのたびに周囲の民家が闇中に明るく浮きあがった。

それを目標としたのであろう。突然対岸から迫撃砲弾が飛んできて、野営地めがけ集中落下する。うっかり姿勢を高くすれば、カミソリのような破片で体を引き裂かれる。

聯隊は弾雨のなか、一キロ半ほど離れたマンダレー街道沿いの村落に移動し、夜明けを待った。

翌二十六日午前十時頃、加藤は行動開始の支度をととのえ、待機していると、中隊長に呼び出された。

「さあ、きたぞ」

加藤分隊長は戦友たちと顔を見あわせた。

国境を突破してのち二カ月余りのあいだに、中隊長に呼び出され、斥候を命じられたことが幾度かあった。

斥候に出るときは、当然死を覚悟しなければならない。無事に戻れば、いったんは命拾いをしたことになる。

中隊長は加藤を見ると、こともなげに命じた。

「加藤はこれより、カバン河北岸の敵情を捜索すべし」

加藤は山下上等兵以下五人の部下をえらび、軽機関銃一挺を持ち、出発した。

昨夜敵が爆破した橋に到着すると、幾つかの橋脚が、地面に近い辺りで左右に折れ曲り、すべり台のように傾いていた。

双眼鏡で対岸のカバン村落の様子をくりかえし眺めるが、動くものは犬一匹いない。明るく澄みきった大気のなかで、椰子《やし》、檳榔樹《びんろうじゅ》の葉がゆらいでいるばかりである。

しかし、敵影がなければ村落の内部に誰もいないとはいえない。銃砲の筒先をそろえ、待っているかも知れなかった。

加藤と五人の部下はいつ猛射を浴びるかと、薄氷を踏む思いで橋脚を伝って対岸に渡り、地物《ちぶつ》を利用して前進し、カバン村落に入った。

村は北方のトングー市へむかう、まっすぐな幹線道路をはさんでいる。村内にはあちこちに陣地跡が残されていたが、敵はすでに退却していた。

「いつもの通り、逃げ足の早い奴らじゃのう」

加藤たちは緊張をわずかにゆるめた。

西村上等兵を中隊長への報告に、ひと足先に帰した加藤たちは、なお村内の様子をくわしくたしかめたのち、橋を渡って中隊の位置へ戻った。

中隊は橋の南方二百メートルまで進出していた。加藤は中隊長に報告した。

「カバン村内に敵はおりません」

中隊長は報告を聞くなり、意外なことをいった。

「カバン村に敵がおらなんだら、なんで前進してトングー附近の敵情を偵察捜索せんのか。なんで戻ってきようたか。すぐ出発せい」

加藤は中隊長の言葉が、はじめに受けた命令とまったく内容がちがうので、思わず反論しようとしたが、なにもいわずふたたび斥候に出た。

——上官の命令は朕の命令じゃけえ、しかたなかろう——

中隊長がおかしな命令を出しても、部下はそれを天皇のご下命であると思って従わねばならなかった。うっかり反論すれば眼をつけられ、抗命罪で処断される落し穴につき落されかねない。

「ただちにトングーの偵察にむかいます」

加藤は不満を胸に納めたまま、再度斥候に出発した。

橋をふたたび渡り、カバン村から北方一・五キロのトングー市へむかう。トングー市に通じる幹線道路は、幅約十メートルで舗装されており、一直線で自動車の走行に用いられるものである。

道路の両側に、約二十メートル置きに、大人が三人ぐらいで抱えられるほどの大木が植えられ、その枝葉が伸びて路面に陽射しが届かないほど、頭上を覆っていた。

何のためか分らなかったが、道路の左右に、幅三メートル、長さ七メートルほどで、深さが

六、七十センチの凹地《くぼち》が一メートル置きに掘られていた。
道は両側の畑より二、三メートル高く、畑は一望の平坦な地形で、右手はるか前方に、盛土をしたような小さな丘があるだけであった。

「あの小さい丘は陣地かも知れんなあ」

双眼鏡でしきりにうかがってみるが、距離が遠すぎる。

「もうちょっと進んでみるか」

用心しつつ三百メートルほど進むと、戦車の前進を防ぐつもりであろう、伐《き》り倒した椰子の木でつくった、高さ一メートルほどの障害物が路上に横たえられていた。

「この辺りから警戒せにゃいけんようじゃな」

加藤は障害物の上に双眼鏡を置き、行手の左右を見た。

右手の小山のまんなかの辺りに、三つか四つの銃眼がはっきりと見えた。

「あれはやはりトーチカかも知れんぞ。しかし、敵兵がおるようには見えんのう」

左手を見ると、平地とトングー市入口附近の森林との接する辺りに、数多い銃眼が見え、トーチカが並んでいるようで、人影が動いているようであるが、確認できない。

「もうちょっと前進するか。道の両側に散開し、木の幹を伝っていきゃ、なんとか不意討ちは防げるじゃろう」

用心しながら前進し、右方の小丘まで三百メートルの距離に接近し、双眼鏡でうかがうと、やはり人影はなかった。

あとで考えてみると、このとき加藤は状況判断を大きく誤っていた。トングーを守備する敵がいたとしても、いままで交戦すれば命あっての物種とばかり、もろくも退却してしまう英印軍であると思いこんでいたのである。

中隊長は、聯隊本部からの連絡で、トングーに布陣しているのは英印軍ではなく、もしかすると精強な支那正規軍であるとの情報を、すでに受けていたのかも知れないと、あとになって加藤は思うようになった。

第五十五聯隊には、北支から南支へと転戦をつづけてきた、歴戦の猛者《もさ》たちがいた。彼らはビルマに入り、英印軍と戦うたびにいった。

「こいつらは、ほんに弱えぞ。支那の正規軍は俺らと長いあいだ戦うてきたけえのう。しぶといぞ。とってもしぶといし、駆けひきもうめえもんじゃ。こっちが引きずりこまれて屍体《したい》の山を築きよることとも、めずらしゅうはなかったんよ」

そのときトングーに強固な防塞《ぼうさい》を築いて、日本軍を待ちかまえていたのは、英印軍と交替した支那正規軍であった。

そんな事情を知らない加藤は、機銃手の菊池一等兵に命じた。

「右前方のトーチカみたいな丘へ、誘射してみよ」

菊池は道路脇の大木の根元に軽機を据え、三発ずつ撃ちこむ三点射を四、五回おこなった。

双眼鏡で見ていると、機銃弾はあきらかに敵の銃眼の辺りで砂煙をあげていた。乾いた発射音が辺りの静寂を引き裂き、吸いこまれたかのように音が消える。

「何の反応もないのう。敵は右手にはおらんようじゃ」

このとき、敵は左右の陣地にひそみ、小人数の日本軍斥候をおびき寄せようと待機していたのである。

加藤は英印軍を相手の戦闘のときと変らない展開を予想していた。彼らが左側の銃眼に敵がいるか否かをたしかめようとして、さらに四、五十メートル前進したとき、突然敵が一斉射撃で応じた。

左側の銃眼から四十名前後の小隊程度の敵がパチパチと撃ってくる。狙いはきわめて正確で、体を擦過《さつか》する弾丸は、間近に砂煙をあげる。敵は軽機も性急に唸《うな》らせはじめた。

——このままじゃ、標的になるばあじゃ。道から下りにゃいかんが、左右のどっちへ下りるか——

彼は迷いつつも、とっさに叫んだ。

「左側へ下りろ」

山下上等兵が血走った眼をむけた。

「分隊長、左側は敵の弾丸がきよるけえ、右に下りましょう」

加藤は声を張りあげて喚く。

「右へ下りりゃ、敵の陣地が近い。銃眼のなかに敵がおるかも知れん。銃座の位置も高いけえ、全員左側にせえ」

加藤の声とともに全員が左側の凹地に飛びこみ伏せた。

左前方の敵の銃眼は、畑とほぼおなじ高さにある。加藤たちが、道路脇に一メートル間隔で掘られている凹地に飛びこむと、射撃はやんだ。

加藤の入っている凹地の横に道標の石柱が立っているので、その脇に寄り、敵情を見るため頭をわずかにあげると、即座に狙撃してきた。眼前に砂煙があがる。十五センチか二十センチほどしか離れていない地面に着弾する。

狙撃されると、弾丸が空気を切る冴えた音がパチッと聞えるだけで、発射音は聞えない。

これはいかん、と加藤は顔に冷汗を流しつつ考える。

——このままじっとしとって、道の右手から敵が寄ってきて、手榴弾を投げられりゃおしまいじゃ。また高え並木に登って狙われたら、逃げ場もなくならあ。応射するにも何の遮蔽物《しゃへいぶつ》もないけえ、たちまち撃ち殺されよう。進退きわまったぞ——

加藤の左右には、緊張しきった部下たちが、不安のまなざしを彼に集めている。何としても彼らを友軍のもとへ帰してやらねばならない。

血の気の引いた顔に冷汗を浮かべた加藤は、必死で命令した。

「敵はわれわれが動くときを狙ってるが、このままじゃあ全員戦死じゃ。俺が一、二、三、と数えるけえ、そのたびに一人ずつ飛びだして、つぎの壕《ごう》へ飛びこめ。ためらったらいかん。死ぬぞ。そのあとはおなじ時間を置かず、不規則につぎつぎと飛び出して、後ろの壕へ移動していくんじゃ。分ったか。まず友軍に近い、後ろの壕におる者からいけ」

加藤は大声で号令をかけた。

「一、二、三」

最初の一人が銃を手に脱兎《だっと》のように飛びだす。間髪を入れず集中射撃がおこったが、兵隊は無事に後方の壕へ転げこんだ。

なんのために掘った凹地か知らないが、前後の間隔が一メートルしかないのがさいわいであった。

つぎの兵隊も無事に移動した。敵は猛射を浴びせてくるが、約四百メートル離れているので、地上に出た瞬間に次の壕へ飛びこむ兵隊を狙撃するのが、困難のようである。

四人の兵隊が兎のように跳ねつつ、つぎの壕へ移動しつつ遠ざかってゆく。彼らが見え隠れしつつ退いてゆくので、敵の射撃方向が分散されてきた。

「しめた。これで脱出できるぞ」

壕に残っているのは、加藤と藪一等兵であった。

「藪、お前が最後じゃけえ、一気につぎの壕へ飛びこめ」

藪は「はい」と答え、加藤の顔を見た。加藤の指図を信じきっているまなざしであった。彼にはほかの兵隊にはない不利な条件があった。

軽機の弾薬手である彼は、重い弾薬を入れた袋を肩からかけ、肩紐《かたひも》を雑嚢《ざつのう》の紐と十文字にして、ベルトで腰にとめている。小銃も持っているので、腹這いになっていると弾薬袋が重みで腹のほうへむかってくる。

そのため藪は飛び出すまえに、袋が邪魔にならないよう、ゆすりあげた。わずかな動作であったが、頭の位置がすこしあがった。加藤は彼の姿勢を低めようと背中を押したが、その瞬間「パチッ」という小銃弾の弾着音があざやかに聞えるとともに、藪一等兵はその場にくずおれた。

「藪、藪、しっかりしろ」

藪の背をかばうように伏せている加藤の声に、応答はなかった。頭部に一弾を受けた藪は、即死していた。

「しまった。死なせてしもうた」

斥候長として、せめて藪の遺骸《いがい》を引きずって帰ってやりたいが、危険は身辺に迫っていた。

そのとき、敵の狙撃弾が「パチッ」と加藤の鼻先の壕壁に砂煙をあげ、突き刺さった。

——あきらかに俺を狙っているぞ。射角から見ると、敵は街路樹の上から撃っている——

もはやためらう余裕はなかった。加藤は自分で数をかぞえた。

「一、二、三」

わが声とともに、一メートル後ろの壕に飛びこむ。狙撃弾が耳もとでパチッと鳴った。藪を置き去りにしてきた悔恨と、狙撃弾のなかを跳躍してつぎの壕に転げこむ機をはかる緊張が、胸中でせめぎあう加藤は、夢中でおなじ動作をくりかえした。

壕を飛びだす一瞬、前方を見ると、先に出た四人の兵は無事のようで、先頭は五、六十メートルも先へいっていた。

狙撃弾はあいかわらず、執拗《しつよう》に追ってくるが、倒れた者は誰もいない。

「皆、無事で後退してくれよ」

かすれた声でつぶやきつつ、つぎつぎと壕を飛び越えてゆく。

陽は頭上にかがやき、それまでまったく忘れていたが、顔と服、両手は汗と埃でまっくろになっている。

突然カバン村のほうから、「ド、ド、ド」と味方の重機関銃の発射音が聞えてきた。これで助かるかも知れないと安堵《あんど》が湧いたが、まだ敵の射程距離から抜けだしていない。

壕に飛びこみ、パチ、パチと集中弾をあやういところで逃れ、また飛び出し、射撃をうける。走りながらカバン村のほうを見ると、こちらにむかい手を振る人影が見えた。早く帰ってこいと合図しているのである。

いつのまにか、道路の東側トーチカとカバン村の友軍との射撃音が激しくなっていた。村の北方百メートルほどの道路に据えた重機が、トーチカの銃眼を絶えまもなく撃ちつづけている。

加藤がようやく戻りつくと、同じ中隊の将兵が重機の傍《そば》に伏せていた。

「分隊長、無事でよかったです」

すでに到着していた四人の兵隊が、加藤にしがみついてきた。

泥団子のような加藤は、彼らに告げた。

「藪が頭を撃たれた。即死やった」

「えっ、藪が死んだのですか」

「うん、頭をあげかけたところを、後ろから鉄帽を一発で貫通された」

「運が悪かったですのう」

兵隊たちは涙を噴きこぼれさせた。加藤も涙に顔を濡《ぬ》らし、街路樹の蔭から双眼鏡で敵トーチカの状況を眺めている中隊長の傍へ這ってゆき、申告した。

「ただいま帰りました。敵は左側の銃眼に軽機二挺以上を持つ一個小隊がおります。右側の銃眼にも、ほぼ同数の敵がいると見られます」

「ご苦労、トングーの敵は強力らしいぞ。これから部隊の総力をあげて攻撃するぞ」

加藤は声をはげましていった。

「藪を戦死させました。申しわけありません」

涙で声が詰った。

「やむをえん。被害を一人に抑えただけで上出来だ。後ろへ退《さが》って出撃の支度をせい」

中隊長は命じた。

銃撃戦はしだいに猛烈になってきた。中隊の兵隊たちは、軽機、小銃を撃ち、応戦しているが、とても前進できるような状態ではない。まもなく重機の射手が頭に敵弾をうけ戦死し、負傷者が続出した。

中隊の壕のなかで、戦闘に熟練した古参下士官たちが、小声で話しあっている。

「こりゃ、うちの聯隊ぐらいで攻めても、手に負えん相手じゃなあ。師団全部で仕掛けにゃいけんほどの相手じゃろう。うちの中隊長は何を考えとるのか知らんが、情報不足の失策じゃ。加藤らが藪ひとりを死なせただけで、よう戻ってこられたもんじゃ」

加藤と分隊の兵隊たちは、弾薬盒《だんやくごう》に銃弾を詰めながら、うなだれていた。

さっきまでともに元気よく行動していた藪が、敵弾のもとで屍体となって横たわっていると思うと、胸が詰り、口もきけない。

藪の兵器が敵に奪われていないか、一刻も早く遺体を収容してやりたい。加藤は「藪よ、こらえてくれ」と胸中で何度も詫びながら、いらだっていた。

中隊長は敵と銃撃戦をつづけながら、聯隊本部に伝令をくりかえし走らせている。

下士官のひとりが加藤にいった。

「中《ちゅう》さんはトングーの敵がこれまでとはちがう強力な支那正規兵じゃと、いうとるそうじゃ。お前らはそれを聞かされて斥候に出たんか」

「いいえ、そんなことはまったく聞いておりません」

「そうか、それはひでぇもんじゃなあ。一人死なせただけで、よう帰れたのう。中さんもなんで敵が英印軍ではないと、いうてやらなんだのか。黙ってたら、支那軍と交戦したことのないお前らが、油断するのが分りきってたじゃろうがのう」

中隊長は危険な敵である情報をうけていて、俺に知らせてくれなかったのかと、加藤は唇を嚙《か》んだ。

トングーの敵の火力は増すばかりで、重砲、野砲の砲撃がはじまった。カバン村に集結した騎兵第五十五聯隊単独では正面突破できるような状況ではない。

聯隊はビルマ派遣第十五軍に属しているが、歩兵第五十五師団に配属され、歩兵第百四十三聯隊、第百十二聯隊、山砲、戦車、速射砲、渡河材料の各部隊とともに、ラングーン北方のペグーから、二百数十キロのマンダレー街道を北上してきた。

三月十五日、ペグー北方約八十キロのニュアレンビンで、戦車二十数輌を備える約五千の敵がいるとの情報を得て、ただちに夜襲攻撃をおこなったが、敵は戦わず退却した。

十七日には三十キロ北上して、キョクタガに陣地を構築していた、砲数門を持つ約千の敵を撃破し、残敵を掃討しつつ北上した。

二十日、歩兵第百四十三聯隊はキョクタガ北方約六十キロのニャングチダウクで、戦車を備えた約五百の敵を攻撃し、二十一日の深夜に潰走《かいそう》させた。

その敵は重慶軍第二百師第五百九十八団の部隊で、寡兵にもかかわらず激闘し、二百以上の屍体を残し退却した。はじめて中国軍と交戦したことは、戦死した敵将校の図嚢《ずのう》から出てきた地図により、分った。

二十一日、歩兵第百四十三聯隊はトングー南方約三十キロのキュウエウエで、戦車三輛を持つ約八百の敵を撃退した。

二十二日、歩兵第百十二聯隊はトングー南方十二キロのオクトウィンで、迫撃砲、速射砲を持つ約千の敵を攻撃した。

村落内には堅固な交通壕によって連絡する複郭陣地があり、多数の掩蓋《えんがい》銃座が設けられていて、激烈な戦闘をつづけ、二十四日の夜、多数の損害を受けたが、ようやく占領した。

歩兵第百四十三聯隊は、第百十二聯隊が苦戦する間に先行して、二十四日にトングー飛行場を占領、市街制圧攻撃にとりかかった。

トングーには多数の迫撃砲を持つ、約三千の重慶軍部隊がいた。市内東南部には、煉瓦《れんが》壁に囲まれた複郭陣地が設けられ、市中の至るところに掩蓋銃座があった。師団は、歩兵第百十二聯隊を右翼、百四十三聯隊を左翼に配置し、騎兵第五十五聯隊に歩兵一個中隊をつけ、シッタン河谷沿いに攻撃することにした。

二十六日、右翼隊はトングー西南の一部を占領したが頑強な抵抗をうけ、進撃できなくなった。

左翼隊は敵の背後をつき、トングー西北に進出したが、どうしても市中へ突入できない。トングー東側へむかおうとした騎兵第五十五聯隊が、前進の足を止められたのは当然であった。中隊長が加藤分隊長に敵の正体を明かさなかったのは、陣地攻略が得意ではない騎兵部隊の士気を衰えさせないためであった。

敵はよほど豊富な弾薬を蓄えているのか、迫撃砲弾を雨のように撃ちこんできて、敵陣に近寄ることもできない。

二十七日の夜明けまえ、歩兵第百十二聯隊と加藤たちの聯隊にむかい、約六百の敵兵が逆襲してきた。

「こっちのお株を奪いやがったか。畜生め」

兵隊たちは手榴弾を投げ、擲弾筒で榴弾を撃ちこみ、陣地に肉迫してくる敵と銃剣を交える白兵戦を展開し、かろうじて撃退したが、死傷者が続出した。

師団長は急迫した状況を打開するため、配属野戦重砲第三聯隊を進出させ、十五センチ榴弾砲の攻撃をおこなうとともに、第四飛行団の爆撃機の協力を得て、二十八日の払暁《ふつぎょう》から攻撃を再開することにした。

重砲は早朝から砲撃を開始し、敵陣に火柱をたてたが、軽爆撃機六機が上空にあらわれたのは午後三時であった。

軽爆の編隊は、トングー市街の敵複郭陣地に集中爆撃を加え、去っていった。師団諸隊はその直後、重砲の掩護射撃のもと、攻撃前進をはじめた。トーチカ陣地をあいついで爆砕してゆくが、複郭陣地は激しく抵抗し、どうしても近づけないまま、日没となった。

二十九日、第五十五師団の将兵は全砲火を複郭陣地に集中し、最後の力をふりしぼり攻撃をつづけ、左翼隊がようやくトングー西北方に進出し、ラングーンから急行してきた第五十六師団の機械化部隊である捜索聯隊の応援をうけたので、三十日にようやくトングー占領に成功した。

騎兵第五十五聯隊は二十八日の夜、トングーの敵陣右翼へ迂回《うかい》を命ぜられ、幹線道路を横断した。そのとき加藤は分隊員たちとともに、藪一等兵の遺骸と会うことができた。加藤は藪にむかい合掌した。

「藪よ、三日間こんなところにいて、淋しかったやろ。許してくれ。やむをえん状況やったが、申しわけない」

涙が溢《あふ》れ、とまらなかった。

加藤は藪の家へ一度遊びにいったことがあった。出征が間近になった休暇の一日であった。藪の家は小さな島のなかにあった。

ふるびた家は波止場の傍にあった。窓が壁の高いところにあり、それは昔、海賊に襲われることがあったので、砦のような造りかたをしなければならなかったためだと、藪は話した。

家のむかいに島の住人が田楽《でんがく》ばやしを踊る、潮風にさらされた舞台があった。海は凪《な》いでいて、秋霧が遠景をぼかしていた。湖のようにさざ波ひとつ立たない海には、釣り舟が出ていて、向う鉢巻の男がしきりにテグスを操って釣りをしている。藪がいった。

「あれがうちの親父です」

島のなかには断崖がいくつもあり、加藤は藪とともに崖をよじ登って遊んだあと、彼の家で昼食をとった。

「これはいま、親父がとってきたものです」

藪の父が釣ったばかりの鯛の刺身は、いつまでも覚えていたほど美味であった。

加藤は藪の母には挨拶をしたが、彼の父には会わないまま島を離れた。

「親父は人みしりをしよるんで、出てきよらんのです」

藪は、はにかみながら加藤に告げた。

加藤は藪を荼毘《だび》に附したあと、遺骨を拾いながら、風音が聞えるほど静かな、島の波止場の辺りの眺めを思いだしていた。


騎兵第五十五聯隊はトングーからマンダレー街道を三百五キロ北上し、マンダレーを占領し、さらに百キロ北方のシングでようやく北進をやめた。五月十七日であった。乾季の暑熱がつづくなか、街道の諸所に転がっている若い支那軍兵士の腐敗してふくれあがった屍体も見なれた。

加藤兵長は戦闘をかさねるうち、人命がいかにはかないものであるかを、思い知らされた。

交戦中、彼は自分を狙撃する至近弾を聞きわけられるようになった。耳もとをみじかく尾を引く「ヒュッ」という擦過音につづいて「ドーン」と発射音が聞えると、すばやく伏せなければあぶない。

加藤は藪が一瞬に動かなくなったときの、「パチッ」という弾音を心に刻みつけていた。明日はわが身という思いが離れない。一発の流弾がどこからか飛んできて、命を奪ってゆくかも知れないからであった。

蛭のいる森

騎兵第五十五聯隊は、昭和十八年二月から同十九年の年初まで、一年近いあいだ、インドとの国境に近い、ベンガル湾にのぞむ島、アキャブの防衛にあたっていた。

アキャブは、標高千～三千メートルのアラカン山脈とベンガル湾とのあいだにはさまれた細長いアラカン地方の最南端にある平坦な港湾都市で、英軍飛行場があったため、日本軍はいちはやく占領したのである。

島の東側に西、中、東と並んだボロンガ島という三つの小島があり、ここにも騎兵中隊が駐屯した。

アキャブ市街は連日空襲をうけたが、重大な被害はうけていない。毎日の食糧は豊富であった。海産物が豊かで、マンゴー、ジャックフルーツ、ドリアン、パパイヤ、パイナップルなど、南方の果実が食べきれないほどである。

晴れわたった乾季の空に吹く風は肌にここちよく、鷗《かもめ》の啼《な》く声を聞いていると、どこで戦争をしているのだろうかと、うそのように思うほど、のどかな時間を楽しむことができた。

だが加藤軍曹は、戦局にかげりがさしてきているのではないかと、懸念を抱《いだ》いていた。

アキャブに駐屯して間もない頃は、日本軍の戦爆連合の大編隊が、はるかな高空をカルカッタのほうへむかうのを見て、心強く思ったものであったが、そのうち英軍の飛行機が毎日のようにあらわれ、日本軍戦闘機と入り乱れて空中戦を演じるようになった。

やがて昼間に英軍機の空襲があっても、日本の飛行機がまったく姿をあらわさないようになった。聯隊本部にいる加藤は、ガダルカナルの日本軍撤退、アッツ島守備隊、マキン・タラワ島守備隊全滅の情報を耳にしていた。

島の生活は、あいかわらず平穏であった。住民の漁法はきわめて原始的である。沖合まで竹《たけ》矢来《やらい》を張っておくと、満潮時に魚が矢来を越えて海岸近くへやってくる。干潮になると、逃げ遅れた魚が矢来のうちに残されるが、一メートルを超える大魚が多く、この魚をすりつぶし団子にして味噌汁に入れる。

三円から五円の軍票で小舟に満載したバナナが買える。

だが、そうした平穏な生活も終る日がきた。師団主力はカラダン川西部の平原で英印軍と激闘を重ねていたが、有力な敵軍が進出してきたので、騎兵第五十五聯隊はその背後を守備するため、出動することになったのである。

第五十五師団はイギリス南アフリカ軍三個師団を相手に、苦闘をつづけていた。アラカン山脈西南のマユ半島と呼ばれる平地は、第五十五師団がインド国境に至るまで制圧していたが、昭和十九年新春になってマユ半島南端から約六十キロ北上した地点にある、東西約一キロ、南北約二キロの小さな盆地シンゼイワに南阿第七師団の主力部隊五千が進出してきた。戦車百輛以上、自動車五百台以上をともなう、有力機械化部隊であった。

第五十五師団は麾下《きか》部隊にシンゼイワを包囲させた。戦闘は二月十一日にはじまった。

日本軍参謀たちは、戦闘は敵の退路を断ち、夜襲突撃によってたやすく勝てると見ていた。だが一週間で作戦は終了すると予測していた日本軍諸部隊は、猛烈な砲撃と戦車攻撃にさらされた。彼我《ひが》の弾量がまったく違うのである。十分間に数千発の砲撃をうけては、とても近寄れるものではない。

英軍の陣地には、連日物資の空中補給がつづけられた。日本軍戦闘機が英軍輸送機の行動を妨害したため、一時は補給が中断されたが、対空砲火による反撃が激しくなり、また、まもなくはじまるインパール作戦準備もあり、日本機の攻撃が急に減少した。

英軍のシンゼイワに対する空中補給は五週間にわたり続き、火砲、砲弾、ガソリン、各種戦闘資材、医療機器、日用品に至るまで、迅速にととのえられた。

日本軍参謀たちはいった。

「これは円筒形陣地と呼ぶべきだな」

鉄筋コンクリートと鉄条網で固めた陣地に、肉迫攻撃をしかけるのは、自殺行為にひとしい。

日本軍は一週間分たずさえてきた食糧を食いつくし、飲料水にも窮する有様であった。

二月十一日、最初の夜襲がおこなわれたが、大損害をうけ挫折した。だが屈せず再度突撃を敢行する。十六日の夜間攻撃には兵員の大部分を出動させ、猛烈な攻防が終夜おこなわれた。

英軍は照明弾を打ちあげ、昼をあざむく光芒《こうぼう》のもと、戦車の機関銃を撃ちまくった。

二月十一日、攻撃主力の歩兵第百十二聯隊棚橋部隊は総兵力二千百九十名であったが、二十一日には四百名以下に激減した。

夜襲失敗の原因は、百輌の敵重戦車の火力にあった。日本軍はきわめて軽装備で、師団が備えている十五センチ榴弾砲は、わずか一門のみであったので、手も足も出ない状況に追いつめられたのである。

英軍のM4重戦車がマユ半島にあらわれたとき、日本軍は眼を疑った。師団司令部から、マユ方面にはこれまでにビルマ全戦域で対戦したM3中戦車しか出撃してこないとの情報をうけていたが、自重三十トンを超える、七十五ミリ砲搭載の重戦車が、綿のような砂埃をまきあげ、巨体をあらわした。

M3中戦車でさえ、その搭載する三十七ミリ砲は砲身が長く、日本の中戦車と戦えばたちまち撃破する、すさまじい威力をあらわしていた。

日本軍の三十七ミリ対戦車砲でも、M3中戦車の装甲に、射弾をすべてはねかえされた。もっとも装甲の薄い部分に命中するか、キャタピラを撃って擱坐《かくざ》させるよりほかに、英戦車隊に損害を与えることはできなかった。

日本軍独得の威力を持つ夜間攻撃を、ことごとく挫折させたのは、敵戦車であった。

棚橋部隊長は、特別攻撃班（三〜四名で編成）を夜間に出撃させ、戦車群へ爆雷による奇襲をおこなわせたが、すべて失敗し、攻撃班は全滅した。

このため各中隊兵力が五、六十名に激減した棚橋部隊は後方に撤退をはじめたが、退路には

五、六千の敵が待ちうけていた。英軍は飛行機に牽引《けんいん》させるグライダーにより、重武装をした大部隊を、いたるところに降下させ、頑強な円筒陣地を出現させるので、日本軍の参謀たちは対応策に迷い、混乱した。

騎兵第五十五聯隊は、師団主力の後方、カラダン川西岸に展開し、絶え間なく攻撃してくる敵軍と、連日入り乱れての戦闘をくりかえしていた。

昼間は双発の英軍偵察機が頭上すれすれに飛んでいて、地上に日本兵を一人でも発見すると、たちまち敵砲兵陣地から重砲の集中射撃がはじまる。砲弾を浪費したがっているのだろうと思わざるをえない、豪雨のような砲撃である。

日本軍は陣地にできるだけ深い横穴壕を掘り、炊煙も昼間はあげず、地面にへばりついていて、敵部隊が進出してくると、迅速に行動して交戦する。

敵が多くの屍体を残して退却してゆくと、日本軍はその場にとどまらず、二、三キロ後退した。そうしなければ直後からはじまる砲爆撃で、全滅してしまうからである。

三月から四月まで、雨季の近づいてくるときは、湿気はきわめて高く、気温は四十度を超える。

風が吹けば、体を火であぶられているようで、よけいに暑い。川や井戸の水はほとんどなくなり、全身の汗が吹き出しては乾き、塩をふいている兵士たちは、一滴の水も口にできないまま疲れきって、眠りこむ始末であった。

騎兵第五十五聯隊の戦闘員数は四百に満たず、三十七ミリ速射砲二門が主要火器であった。

ある曹長が、上司、憲兵に聞えると、どんな処罰を受けるか分らないことを、突然口走った。

「この戦争は間なしに負けるぞ。いつまでもこんな阿呆みたいな戦闘をやってられるか。わしはもう、やる気がのうなったのう」

傍《そば》にいる兵隊たちは、沈黙して聞くばかりであった。

「敵は毎日飛行機で、砲じゃ、戦車じゃと運んでおろうが。あいつらの陣地を奇襲すりゃ、泣き喚《わめ》いて逃げよらあ。ところが占領した所にじっとしておられん。集中砲火で全滅させられてしまう。

夜襲で大勢殺したら逃げよるやろうというて、やったらこっちがなぎ倒されらあ。補充兵どころか、水も食い物も何にもありゃせん。これで勝てることがあると思う奴は、頭イカれとるんよ」


日本軍は勇敢で死を怖《おそ》れない。陣地周辺は砲弾で耕されたようになり、草木はすべて吹っ飛んでいる。正面の山の後方に迫撃砲陣地があり、毎日午前十時頃か午後二時頃に、一個小隊が蛸壺壕《たこつぼごう》を掘って守る小さな陣地へ、一分間十数発の猛射をおよそ三十分ほどもつづけた。

そのあとで六尺ゆたかな黒人兵が攻撃前進してくる。足ははだしで、炭焼窯のなかにいるかと思えるほどの暑気のなか、毛糸のシャツを着ていた。

手榴弾を胸と腰に八個ほどつけていて、日本軍陣地に正面から押し寄せてくるが、待ちかまえていた日本軍が軽機、小銃を撃ちかけ、手榴弾を投げつけると、たちまち泣き叫びながら退却してゆく。

日本軍も、払暁攻撃をおこなった。二十名前後、軽機、擲弾筒《てきだんとう》、小銃だけで敵兵が数百人もいる陣地へ押し寄せてゆく。五十メートルの辺りまで接近してゆくと、眼のまえに火柱が立つ。敵の手榴弾攻撃がはじまったのである。

機関銃が咆哮《ほうこう》し、硝煙、土煙が湧きあがり、日本兵は顔もあげられず釘づけになる。そのとき突入のきっかけをつかむのは、中国戦線で実戦経験をかさねてきた古兵であった。

一人の兵長が身をおこし、弾雨のなかで軽機を構え、膝撃ちをはじめると、すかさず「第二分隊は突撃、突撃」と第二分隊長の曹長が叫ぶ。

すかさず第一分隊長も叫びたてる。

「突撃、突撃」

彼は弾雨のなかを銃剣を構え、喊声《かんせい》をあげ敵中へ飛びこむ。全員が総立ちとなり、喉も裂けよと喊声をあげ、敵陣に突入する。

第一分隊長が頭に敵弾をうけ即死すると、あとにつづく兵長が軽機を腰溜めで射撃しながら躍りこみ、敵兵を倒して喚いた。

「分隊長、仇《かたき》を討った、仇を討った」

突撃隊員は狂ったように銃剣、軍刀をふるい、敵と入り乱れて戦う。

喊声をあげるうち声が出なくなり、かすれた叫びをくりかえすが、南阿八十一師団の精鋭は総崩れとなり、潰走《かいそう》していった。

戦闘に慣れた日本兵たちは、敵陣に遺棄された兵器、弾薬、背嚢《はいのう》のほかに、乾パン、コンビーフ、缶詰、煙草、ウィスキーなどを奪い、迅速に引きあげてゆく。

戦場の暑さは、忍耐の限界を超えるほどであるが、我慢するよりほかはなかった。

カラダン地区に入ってのち、英軍との戦闘は絶え間がなかったが、武器弾薬、食糧、衣服などの補給は途絶えたままであった。

戦死者がふえ、重傷の将兵が後送されてゆくと、しだいに各中隊の員数が減ってくる。騎兵隊は敵有力部隊が猛烈な攻勢に出てきたので、このうえ陣地守備をつづけておれば、敵の豪雨のような砲爆撃のもと、全員が蒸発しかねない状態となり、ついに百キロ余り後方の、アポークワ附近へ撤退した。

だがこの頃になって、内地から部隊補充要員が到着し、友軍有力部隊の来援もあり、ふたたび敵南阿八十一師団を撃退し、カラダン地区へ進出した。

三月八日に、北方フーコン谷地を西進し、インドのインパール平原の英軍を攻撃する大作戦が開始された。第十五軍主力の弓、祭、烈の三師団により、インド・アッサム州コヒマに進出し、インパールの英印軍を三方から捕捉《ほそく》し、中国重慶政権への最後の援助ルートを遮断する作戦である。

南阿師団が退却したのは、北ビルマの日本軍がインドに侵入すれば、たちまち後方の退路を遮断されかねないためである。

騎兵第五十五聯隊は、まったく食糧の補給をうけず、村落を見つけると住民から籾《もみ》を買いとり、木切れで鉄帽に入れた籾を搗《つ》き、米にしてようやく飢えをしのいだ。

戦闘がつづき、幾日も村に入れないときは食物を口にせず、命をかけた戦闘をつづけねばならない。将兵は汗と泥にまみれた軍衣を捨て、上衣、ズボン、靴を敵の屍体から奪って身につけた。

下着はすべて敵の落下傘でつくった。靴は黒革で幅がひろく、足がなかで泳ぐような代物であったが、ジャングルをはだしで行動すれば、怪我をする。

兵器も英軍のブレン、ブローニング軽機を使う。日本軍の騎兵銃、軽機はできるだけ用いず、保存しておいた。

食糧は一日ひと握りの米を飯盒《はんごう》に入れ、二リットルの水で重湯のようなものをつくって食う。草や木の葉を湯に入れ、敵軍のロバが食い残した岩塩を拾い集め、汁をつくった。

あるときロバの糞をほじくってみると、消化しないで残っている豆がらがある。それを割って豆をとりだし、汁の実にした。空腹になると、口にはいるものは汚なくても、何でも眼についた。

塩がなくなると、足があがらなくなり、よろめくような歩きかたになる。やがて体じゅうに痙攣《けいれん》をおこし、脳卒中の発作をおこしたようにぶっ倒れる。

将兵は死にもの狂いで塩を探し求め、運よく手に入れると、地獄に仏を見たような気持ちになった。宿営のあいだに山芋掘りの名人の兵隊が、辺りを探して掘ってくる。

「ほう、こんな珍味があったんじゃなあ」

部隊長も嘆声を惜しまない味わいであった。

しばらく蛋白質《たんぱくしつ》を口にしたことのない兵隊たちは、現地馬の尻尾《しっぽ》を釣糸にし、針金で釣針をつくり、近所の川で十センチから十五センチの鯉《こい》か鮒《ふな》のような魚を釣った。塩がないが、焼くとなんともいえず旨《うま》い。重症マラリアで寝こんでいる者に食べさせると、粥《かゆ》が喉を通らなかった兵も食欲が出て、回復した。

だが栄養失調とマラリアの高熱で体力を消耗した兵隊は、武装して行軍するうち、つまずいて倒れると起きあがれなくなる。

戦友が装具を持ってやると、翌日にはその兵隊が倒れる。四人で担架に一人を寝かせた搬送をやらせると、翌日にはそのうち三人が倒れた。弾薬を捨て、食糧だけを持ってついてくるうち、ついに歩けなくなる。

戦友たちはその場に銃、手榴弾、籾を残して置き去りにせざるをえない。

「しばらく休んで、あとを追ってくるんだぞ」

はげまして立ち去るしかなかった。

落伍兵は後続部隊に拾われるか、親切なビルマ人に介抱《かいほう》してもらうほかに生きる道はない。

部隊が出発してしばらくたつと、霧のたちこめた谷あいに、一発の銃声か、日本軍手榴弾の重い爆発音がこだまとなって響きわたる。落伍兵が自決したのである。

昭和十九年五月も末に近い頃、ビルマとインドの国境間近の最前線ラバワに、騎兵第五十五聯隊の第一中隊、第二中隊、連射砲小隊が布陣していた。中隊とは名ばかりで、人員は五十名足らずの小隊なみである。

師団主力の歩兵部隊は、マユ半島北方のミンゼイワ、プチドン、モンドウで、四月以来の強引な攻撃によって、三千とも四千ともいわれる戦死者を出していた。

部下が四十名に減った中隊長は、師団長からの最後の夜襲命令をうけると、涙をおさえかねていった。

「銃剣だけで戦車と弾幕のなかへ突っこんでも、三分と保《も》たんわい。成功の見込みがないのは阿呆でも分っとるのに、なんで突撃命令を出しよるんじゃ」

師団長の悪評は各部隊で渦巻いていた。

「あいつは梅毒で頭がいかれとるんよ。兵隊を虫ケラとも思いよらん鬼みたいな奴じゃ。敵より憎いわ。ブチ殺してやりたいのう」

間もなく雨季がやってきた。豪雨が連日降りつづくので、戦闘行動は中断された。敵の砲爆撃はなく、ニッパ椰子の葉で屋根を葺《ふ》いた竹小屋のなかに、兵隊たちは寝ているか、食糧集めに出かけていった。

内地にいるとき、炭焼きであったという一等兵は、一メートル半ほどもある蛇を見つけると、尻尾をつかみ振りまわし、岩に頭を叩きつけ、半殺しにすると、そのまま頭から嚙みつぶし呑みこむ。

蛇の尻尾に顔を打たれながらも、彼は全部食ってしまった。腹を減らしている兵隊たちも、それを見ると胸がわるくなった。古兵は溜息《ためいき》をついた。

「お前なら、皆が餓死しても生きとるやろう。凄《すご》いもんじゃ」

中隊のなかに、他の部隊へ連絡にいったとき、すすめられて焼いた蛇を三切れほど食べた兵隊がいた。何の味もなく、口中がねばつくので陣地へ戻る途中、幾度も唾を吐き、水で口をすすいだ。

小屋に帰り、一時間ほどたつと全身が懐炉《かいろ》でも抱いているようにほてってきた。

「こりゃいかんぞ。蛇にあたったか」

夜になってても体はほてったままで、そのまま寝て翌朝眼ざめると、周囲の眺めが夕焼けを見ているように赤い。

分隊長が彼を見て、おどろいていった。

「眼の玉が兎みたいに真赤じゃが。どうしよったんぞ」

眼の色がふつうに戻るのに、まる二日かかった。

兵隊たちは陣地の近くにいつのまにか大きな川ができているのに、おどろいた。乾季には水のない凹地《くぼち》であったのが、幅五十メートルほどの、満々と水をたたえ、うねり流れる川になっている。

しきりに波が立つので水面をすかしてみると、一メートルほどもある鯉のような魚が泳いでいた。

「こりゃええぞ。手榴弾ぶちこめ」

一発投げこむと、中隊の全員が二日かかっても食べきれないほどの魚が獲《と》れたので、味噌汁をつくって食う。

「結構うまいぞ。ええダシが出とろうが」

数日たって、兵隊たちが中隊長のもとへ石油缶を担ぎこんできた。

「また魚の味噌汁か」

「まあ見てつかさい。こんどは動物ですけ」

見ると、味噌汁のなかに猿の頭が浮いていた。中隊長は猿の顔を見ると食欲を失ったが、兵隊たちはよろこぶ。

「猿も話の種に食うとかにゃいけん。ほう、ええ味じゃ」

彼らは猿を全部食いつくし、頭を前の谷へ蹴り落した。

「エテ公を食うと熱発をおこすと、支那におった頃からいわれとったじゃろ。あとが心配じゃのう」

猿を食わなかった中隊長が、兵隊たちをひやかしたが、案の定、食った連中は夕方から発熱した。

だが大事には至らず、翌日には下熱して元気にはたらいた。

雨が降りつづくなか、兵隊たちはわずかな籾を搗いて粥をつくり、山中に無数に生える筍《たけのこ》を味噌汁に入れて食う。魚を獲るために何度も手榴弾を使うわけにはゆかない。

兵隊の楽しみは、食って寝ることだけである。熱帯なので地面にごろりと転がるとすぐ眠れる。夢のなかで内地のご馳走《ちそう》を食うのが楽しみである。

「おい、昨夜の夢で何を食った」

「親子丼じゃ」

「わしゃ腹が裂けるほど、ボタ餅を食うたわい」

最前線にいる二人の兵隊が空腹にたえかね、数百人の英軍がいる陣地へ夜中に忍びこみ、テントのなかで寝ている敵兵が頭のそばに置いている背嚢を静かに引き寄せ、二個ずつ取ることに成功した。

「よかったなあ、皆高いびきで寝とるのう」

背嚢のなかには、さまざまの日用品とともに、肉、チーズ、コンビーフ、スープなどの詰った携帯口糧がある。

敵兵は寝静まっていて、動く気配はなかった。二人は顔を見あわせ、ささやく。

「も一遍いくか」

「そうじゃなあ。食いものは倍になるか」

敵が一人でも眼ざめれば、走って逃げても命はまず助かるまい。だが、機械化部隊に銃剣突撃をくりかえし、敵を撃退しつづけてきたつわものである。携帯口糧と命をひきかえにするのも、ためらわない。

彼らは二度めに背嚢二個を奪ってくると、さらに欲を出した。

「あいつらは寝入りばなじゃなあ。絶対に起きてこんぞ」

「もうちょっと取ってくるか」

二人は背嚢を引きずっては戻ることをくりかえし、ついに二十数個をせしめて帰った。

豪雨が滝のように降っている朝、第一中隊の久保軍曹、杉本兵長は、四人の古参兵を連れ、ラバワからインド領に入り、五キロほど西方のモウドク村落へ偵察斥候にゆくことになった。

モウドクには敵の大部隊が駐屯している様子であった。最低二個大隊がいるといわれていたので、砲兵、戦車も附属していると見なければならない。

兵隊の仕事のなかで、斥候はもっとも危険である。先に発見されたときは、すべておしまいであった。全滅しないまでも、死傷者の収容は絶対無理である。

獣道《けものみち》を伝ってゆくのだが、はじめは険しい登り坂であったのが、やがてゆるやかになった。しばらくゆくうち、敵が捨てたテント、衣類、靴があり、砲座のあとも眼につく。

いつ敵襲をうけるか分らない。

「気をつけよ。どこからか発見されているかも知れんからな」

六人の兵隊は篠《しの》つく雨のなか、姿勢を低め、銃の引金に指をかけ、厳戒態勢で進み、わずかな物音、動きにも気を配ったが、敵影はまったくなかった。

モウドクの村は、南北二百メートル、東西五、六百メートルの盆地である。六人は樹林のなかから様子をうかがうが、人の気配はなかった。哨兵《しょうへい》の小屋らしい建物も無人のようである。

散開して村内へ入ってゆく。住民の小屋が四、五軒あるほかには、八十人ほどが収容できる木造の兵舎らしい建物が十数棟、整然と軒をつらね、ほかに幕舎も並んでいる。

だが汚れた下着、軍服などが散乱している兵舎のなかには、まったく人の気配はない。斥候たちはささやきあった。

「テントまで捨てて、どこへいきよったかのう」

「待ち伏せしてる様子もないし、退却しおったか」

村の西端には、濁流が渦まき流れる川があった。

村内をくまなく見回ったが、野犬一匹もいない。最後の兵舎に足を踏みいれた斥候たちは眼を見張った。板張りの床のうえに、食糧が山のように積まれていた。

久保軍曹は北へつづく山道、杉本兵長は川沿いに敵影がないか調べた。杉本らは突然間近に物音を聞き、銃口をむけたが、大きな角をふりたてた鹿が、斜面を登って逃げてゆく。

「そうか、鹿がうろつきよるんなら、近くに敵はおらんやろ」

久保軍曹も山から下りてきた。

「敵影なしじゃ。引きあげたんじゃろうが、豪勢なみやげを残していってくれたのう」

六人は敵兵舎へ飛びこむ。

「こりゃ、いままで見たこともない、仰山《ぎょうさん》な食糧じゃなあ。二個大隊で二十日は保つじゃろうが。こんな物を捨てていくとは、もったいないことをしよる奴らでなあか」

食糧は、色々とりあわせ石油缶に詰めこまれ、その数は何百個とも知れない。

バター、チーズ、コンビーフ、ベーコン、パイナップル、桃、梨の缶詰。乾《ほし》ぶどう、メリケン粉、ウィスキー、ヘット油など、山のようにあった。斥候たちは夢中で食いあさった。

「もういけん、このうえは食えんわい」

「アフリカからきた黒人兵が、こんなええものを食いよるんか。俺らは馬の糞から豆を拾いだして食うとるが、情けねえもんじゃなあ」

六人は飽食したあと、敵のテントに食糧を包み、山のように担いで帰った。

皆機嫌がよくなり、わけもなく笑った。

「棚ボタとはこのことじゃ。こんな斥候なら、何度でもきてやらあ」

「皆、餓鬼みたいになっとるけえ、こんなのを見たら、腰抜かしようらあ」

彼らはラバウの中隊へ、無事に帰ってきた。中隊本部へ出かけるとき、六人は大国主命《おおくにぬしのみこと》が担いだ荷のように、大きなテントの中身から缶詰を二個ずつとりだし、久保軍曹がそれを持って報告に出向いた。

分隊では盆と正月が一度にきたような騒ぎになった。コンビーフをメリケン粉でこねて団子にして、バターで炒め、ゲップの出るほど食う。食後にはさまざまな果物の缶詰が食いほうだいである。

久保軍曹たちは、腹を減らした子供たちがご馳走の山にかぶりつくのを眺める、父親のような眼つきになった。

空缶にヘット油を入れ、灯芯をひたし点火したので、小屋のなかはひさしぶりに明るい。皆は満腹して竹の床に寝ころんだ。

「ええ晩じゃ。いうこたねえのう」

誰かがふくらんだ腹をなでながら、つぶやいた。

久保軍曹は、小隊の全員に秘密を教えた。

「モウドクにゃ敵はおらん。缶詰ばっかり山のようにあるぞ」

翌日、噂は全中隊にひろがった。

「モウドクへ這うてでもいけ」

翌朝、動ける者は全員、モウドクへむかい、食糧をすべて持ち帰った。

中隊の食糧は、当分尽きる心配がなくなった。

だが、朝、昼、晩と缶詰を飽食し、ウィスキーをあおっていると、筍の味噌汁を飲みたくなってくる。

聯隊本部には、獲得した食糧の一部を送り届けていたが、ふだんは糧食といえば籾と粉味噌しか送ってこない奴らに、旨いものを食わせられるかと、分量をきわめてすくなくした。

モウドクの戦利品のなかには一人用の蚊帳《かや》があり、それを使うようになって蚊に悩まされなくなった。


騎兵第五十五聯隊は、昭和十八年の雨季をアキャブで過ごしたので、蛭《ひる》の被害をうけなかった。

ビルマ北部のジビュー山系、フーコン谷地などで行動していた日本軍は、蛭の恐ろしさを知っていた。

雨季には樹木の枝葉にむらがっていて、人が二十メートルほど近づくと、なぜ分るのか雨のような音をたて、パラパラと降ってくる。

ズボンのゲートル（巻脚絆《まききゃはん》）の隙間、ベルトの隙間、軍靴の鳩目からいつのまにかもぐりこんできて、靴のなかがヌルヌルするので脱いでみると靴下が真赤になっていて、指のまたの柔らかいところに蛭が幾つもくっついている。もぎはなすと口が肌に残り、血がとまらないので、煙草《たばこ》の火を近づけて離さねばならない。

腰のまわりが痛がゆいので調べると、五、六匹が吸いついている。大きさは一センチから二センチのものが多く、たまに六センチ以上のものもいた。

もっとも危険なのは、ゲートルの隙間から入りこんだ蛭が性器に入りこむことである。それを防ぐには、ゴムサックを二重にして性器を包んでおくことである。

インドとの国境に近いリチャンサという村に陣地を設けていた中隊へ、聯隊本部から連絡に出向いた兵隊のズボンに、突然血がにじみはじめた。

引率していた曹長がそれを見つけていった。

「お前、軍袴《ぐんこ》が血で真赤になってるぞ。ぬいでみよ」

装具をよけて股をのぞくと、血だらけである。

ズボンをぬいでみると、越中ふんどしが血に染まっている。

「ふんどしをはずせ」

誰かがいったので、はずしてみると皆がいっせいにおどろきの声をあげた。

大事な息子がふだんより四センチほど延び、倍ほどにふくれている。

「おっ、蛭が尻を出しとるぞ」

曹長が叫んだ。

尿道から蛭の尻が出ている。さかんに血を吸っているのだろう、尻から血が溢れ出てくる。

曹長はいった。

「こりゃ、うっかりさわれんぞ。すぐ本部に着くから、軍医殿に診察してもらえ」

本部で軍医に見せると、うーむと首をかしげた。

「こりゃ、どうすりゃええかのう」

しばらく考えていた軍医は、兵隊にいった。

「痛かろうが、ちと辛抱《しんぼう》してくれよ」

スポイトでヨーチンを吸いあげ、尿道に流しこむ。兵隊は激痛に息子を握って飛びあがった。蛭は間もなく死んで落ちたが、兵隊はその後数日、小便をするとき苦痛に顔をゆがめねばならなかった。

もっとひどい目にあった兵隊がいた。斥候から帰ってしばらくすると、腹痛がはじまった。ふつうの痛みとはちがう。チクチクと刺すような痛みは蛭かも知れないと感づいて、衛生兵に相談した。

「ケツの穴から蛭が入りこみよったかも知れん。このまま腸に孔《あな》でもあけられたら、死ぬじゃろうが。なんとかしてくれんか」

二人は相談するうち、思いついた。

「蛭に塩というじゃろうが。濃い塩湯を飲んでみるか」

衛生兵が、飯盒に一杯の塩を水に溶き、兵隊に飲ませると、ふしぎなことに三十分ほどたって痛みがとまった。


昭和十九年五月末、騎兵第五十五聯隊、聯隊長代理大谷少佐は、本部付の筒井曹長と当番兵松本上等兵を連れ、モウドク附近に進出した第一中隊の視察に出向いた。

モウドクは聯隊本部のあるリチャンサから二十キロほど西進した、インド領内にある。

第一中隊の前面八百メートルほどの高地に英軍大部隊が集結しており、第一中隊は二度の攻撃に失敗し、翌日三度めの攻撃をする予定であるという。

体から硝煙のにおいを放つ兵たちは、疲れきっているようであった。夜になると日本軍の夜襲を怖れる英軍の砲撃がはじまった。

筒井曹長は壕のなかで着弾数をかぞえはじめたが、二千五百発までかぞえたところで飽いてしまった。

翌日、少佐は午前中作戦指導をおこなっていたが、しばらく敵の抵抗はつづく模様で、ただちに第三次攻撃に移っても、効果はすくなく損害は多いと見て、現地に一泊することにした。

陣地には、豪雨に打たれる竹小屋しかない。しきりに雨が漏るというよりは、戸外よりいくらか雨量がすくないだけである。夜になるとまた壕に飛びこみ、狂ったような砲撃を避けねばならない。

　くる途中、陣地から一キロほど後方に、二戸のわりあいしっかりした建てかたの民家があったのを、筒井曹長は思いだした。

「あの家を宿泊所にすればよかろう。少佐殿、参りましょう」

　その場所には小川が流れ、二抱えもあろうと思えるマンゴーの大樹が四、五本、亭々とそびえ立っている。

　その根方に大小二軒の住民の小屋があった。

「飛行機できよっても、空から見えん。ええ場所じゃ」

　曹長は、当番兵とともに床を掃除し、大きい家に少佐と当番兵、小さい家に曹長が泊ることにした。

　筒井曹長が夕食の支度を当番兵と相談しているところへ、大谷少佐が芋を持ってきた。茎や葉はたしかに内地の里芋とそっくりであるが、筒井が聞いた。

「少佐殿、これをどこで取ってこられましたか」

「小屋の裏だよ」

　五十過ぎの年頃の少佐は、鬢《びん》のあたりに銀髪が目立つ。

「それが生えていた場所を、教えて下さい」

けげんな顔つきの少佐は裏口を出てゆく。

「なるほど、芋じゃなあ」

筒井は油断なく辺りを見まわす。里芋らしいものは、いちめんに地面を葉で覆っている。曹長は里芋が野生のものであると判断した。この地方の住民がつくる、ちいさな菜園の柵がどこにもないのである。

彼らは野生の植物をめったに食べない。猛毒を含んだものがあり、それを食うとどんな手当てをしても即死する。菜園の木囲いがどこにもないのを確認した曹長は、少佐に告げた。

「この小屋は、原地人が狩りにきたときに寝泊りするもので、生活していた痕跡《こんせき》はありません。この芋は野生で猛毒があり食べると死にます。土地の者が食う野菜は、かならず囲いのなかに植えています」

少佐は怒った。

「俺は百姓の家に生れた。これが里芋であることはまちがいない。お前たちは都会に生れたので知らないのだ。俺がいうのだから、ごたごたいうことはない」

筒井曹長は困ったが、制止しないわけにはゆかない。彼は大声で懸命に説得しようとした。

「少佐殿、いけません。いままで幾人もの兵隊が、ちょっとかじっただけで、呼吸ができなくなり、手足が冷たくなって震えながら意識がなくなりました。さいわいまだ死亡者は出ていませんが、電報班の峠軍曹も死の一歩手前で助かったのです」

少佐は反論しなかったが、機嫌のわるい顔つきで小屋に戻った。

筒井は松本上等兵を離れた場所に連れてゆき、いい聞かせた。

「お前は前線へきて間がないけえ、知らんやろうが、師団司令部からきた毒物一覧表のトップに毒芋のことが書かれとるよ。帰ったら見せちゃるけえ、少佐がどういうても食わしちゃならんぞ」

上等兵はなま返事をした。どうも、彼は少佐と同様に考えているようであった。

翌日、前面の数個大隊の敵は、なぜか後退していなくなった。

夕方に筒井曹長らは大谷少佐に従い、小屋へ戻った。翌朝、聯隊本部へ帰るのである。その夜、少佐と松本上等兵が、鍋で里芋を煮ていた。

おどろいた筒井の口調が荒くなった。

「おい、昨日あれほど注意しといたのに、なにしよるんぞ。えらいことになるぞ。責任は誰がとるんじゃ」

少佐が鍋の脇からフォークをとりあげ、筒井にいった。

「俺が従兵に命じて煮させたのだ。貴様はそばで見ていろ」

少佐はフォークに突き刺した芋を、口に近づけたが、ためらう気持ちがあったのか、舌先でなめた。

彼は筒井になにかいいかけたが声にならず、突然ゲェッと喉を鳴らし、唾を吐こうとしたが、すでに眼が吊りあがり、前のめりに倒れかけた。

筒井は抱きとめ、床に寝かせた。

「毛布だ、毛布を敷け」

毛布のうえに倒れこんだ少佐に、二枚の毛布をかける。

「湯を沸かせ。水筒を湯タンポのかわりにするんだ」

二個の水筒に湯を入れ、足をあたためる。少佐の両足は死人のようにつめたい。

「少佐殿の図嚢《ずのう》をあけて、何か薬が入ってないか調べよ」

図嚢にはクレオソートの瓶があったので、筒井たちはくいしばった歯をこじあけ、錠剤を押しこむ。

応急手当てののち、当番兵を聯隊本部へ走らせ、軍医にきてもらった。

筒井たちは軍医に協力して、終夜湯タンポであたためた。

筒井と当番兵は、芋をちょっとなめただけで生死の境をさまよう少佐の病状に、おどろくばかりである。

「話にゃ聞いていたが、わが眼で見るのははじめてじゃ。なんとおそろしい毒じゃなあ」

「ほんまに震えあがりましたわ。野生植物は、よっぽど気をつけて食べんといけんですら」

翌朝、意識をとりもどした少佐は、かすれた声で筒井に命じた。

「お前なあ、先に帰って聯隊長殿に状況報告をしてくれ」

筒井曹長は当番兵にあとの世話を頼んで聯隊本部に帰り、少佐は三日後に帰隊した。死を免《まぬか》れた少佐は、その後、言動がふつうではなくなった。

ショックで正気を失ったようになり、しきりにひとりごとをいい、誰かとうなずきあうような動作をする。

筒井曹長は、本部の野本曹長に袖をひかれた。

「おい、筒井。また少佐殿がお前のポケット・モンキーの小屋の前へしゃがみこんどるぞ」

筒井曹長はポケット・モンキーを手なずけ、執務中は本部裏手の小屋に入れていた。

大谷少佐はよくその小屋の前へいって、終日あぐらをかき、モンキーに話しかけているので、兵隊たちの評判になった。

なにをつぶやいているのかと耳をすませると、猿が小屋に押しこめられていることに同情しているのである。

「お前も運のわるい奴じゃなあ。筒井の奴につかまえられて、ろくな餌《えさ》も貰《もら》えずに、汚ねえ小屋にとじこめられて、陽にあたることもできんのう。ほんに哀れじゃなあ」

下士官たちは声をたてず忍び笑いをしあった。

だが大谷少佐は突然仕返しをした。ある日、筒井曹長と彼の親友の野本曹長は、聯隊本部付から、危険な最前線の機関銃中隊付を命ぜられた。

「ひどいすかし屁をかまされたのう」

筒井と野本は笑いすてる余裕もなかった。

少佐は芋中毒の一件を、「筒井曹長に毒を盛られた」といいふらしていたのである。


話は前に戻るが、昭和十九年五月上旬。雨季に入る直前、騎兵第五十五聯隊第一中隊は、モウドク附近の山中深く分けいっていた。第一小隊長は佐藤曹長である。士官は正月以来の戦闘で消耗し、中隊長しかいなかった。

第一小隊の残兵は、佐藤曹長以下十六人で、一個分隊なみである。連日、寝る間も武装を解かず、ひたすら前進する。モウドクには英軍南阿師団が布陣しており、英空軍輸送機が、パラシュートでさかんに兵器、食糧の補給、増強をおこなっていた。

日本軍は食糧の補給はとだえがちで、銃砲弾も一発ずつ数をかぞえながら撃たねばならない状況である。

一人しか歩けないほどの崖沿いの山道を下っては登ることをくりかえし、気をゆるせばたちまち谷に転落する。騎兵隊ではあるが、乗馬はすべて後方の聯隊本部に置き、全員徒歩で、ひたすら西へ西へと進む。

モウドクの英軍を撃破するまで、一歩も退《ひ》くことなく前進せよとの命令に従い、強力な装備の英軍に戦いをしかけねばならない。倒れてのちやむという敢闘精神をつらぬき、死をためらわないのが、兵隊の運命であった。

山砲、重機関銃、擲弾筒などの貧弱な武器によって勝利を得るためには、銃剣をかまえての夜襲突撃しかない。

附近の住民はすべて腰に鉈《なた》を差している。人夫に雇うときは、鉈を取りあげておかないと、たちまちどこかへ逃げてしまう。五十年前までは人を食っていたということで、獰猛《どうもう》で信用できないすさんだ顔つきであった。

山から谷へ上り下りをかさねているうちに、ついに前方に平野がひろがるところへ出た。それがモウドク山脈の頂上であった。

まもなく山腹で第一中隊尖兵《せんぺい》分隊が戦闘をはじめた。中隊長から尖兵分隊応援の命令があり、谷間のほうへ駆け下ってゆく途中、佐藤小隊長は敵双発爆撃機が六機前方から接近してきて、四十五度前方から爆弾四個を投下するのを見た。

その一発が間近に落ち、佐藤の体は一瞬宙に浮きあがったが、しばらく耳がきこえなかっただけで、負傷はなかった。

敵陣地のある隘路《あいろ》の左手の高地を占領したが、熱風のなか急斜面を駆けあがっていたので、喉がかわいてたまらない。だが小隊員は皆、水筒の水を飲みつくしていた。

雨季のまえの、火であぶられるような猛暑のなか、山頂の草木は乾ききっている。

佐藤は小隊員に命じた。

「小便を飲め、無理にでも小便をするんだ」

体内の水分が減りつくしている兵隊たちは、一滴も小便が出ない。

やがて敵の迫撃砲弾が、雨のように集中してきた。

「このまま死んでたまるか」

兵隊たちは土埃にまみれ、泥団子のようになって石のように固い土に十字鍬を叩きつけ、必死で壕を掘った。

渇きと空腹をこらえ、陣地構築を終えたとき、敵が山麓《さんろく》に放火をした。火は山腹の竹林を燃えあがらせ、山頂は煙がたちこめ熱気は堪えがたかったが、体力をしぼりつくした兵隊たちは消火することもなく、壕のなかで眠りこけていた。

第一小隊の十六人は、三日間水と食物がまったくないままに、倒れたまま動かなかった。迫撃砲弾が雨のように落ちてきても、兵隊たちは身を守ろうともしない。

その夜、斥候が帰ってきて告げた。

「水があるぞ。この先の崖下だ」

死んだように寝ていた兵隊たちははね起き、水筒を持って走った。

翌朝、聯隊本部から少量の米が届いた。皆は粥をすすり、水を得て、くすんだ顔色ではあるが、眼にらんらんと光を帯びてきた。

敵の迫撃砲射撃は、昼夜の別なく轟々《ごうごう》とはためき続けた。数日後、山腹の隘路に陣地を置いている敵に対し、第二小隊が激烈な攻撃をおこない、すさまじい夜襲白兵戦闘で敵を追い落した。

　だが翌日、辺りが土煙で見えなくなるほどの砲爆撃の掩護をうけた敵は、ふたたび旧陣地に戻ってきた。

　こんどは第一小隊に攻撃命令が下った。

「第一小隊は隘路の敵を攻撃せよ。第二小隊第四分隊を配属する」

　第二小隊の擲弾筒分隊の応援をうけ、山砲、重機関銃の掩護のもと、五月十七日十三時に攻撃前進をはじめた。

　途中で思いがけない密林のなかへ入ってしまい、五メートル先がまったく見えない、夜襲と同様の状態になった。やみくもに進むうち、至近距離で敵の銃声が聞えてきた。

「突撃距離じゃ。散れ」

　佐藤曹長が号令をかけたのが聞えたのか、敵が猛烈な機銃掃射をはじめた。弾丸が辺りの樹幹に当り、木の枝が落ちてくる。

　佐藤は部下に損害はないかとふりかえると、すこし高い地面に宮脇一等兵が蒼《あお》ざめた顔で、銃を右手で立てた折敷《おりしき》の姿勢でいた。

「顔色がようないぞ。あいつを見てやってくれんか」

　傍の石丸兵長に声をかけると、駆け寄っていって、戻ると報告した。

「左の乳のうえから背中へ弾丸が抜けておる。胸部貫通銃創や」

心臓に近いところをえぐられたら、命にかかわる重傷である。

「よし、まず前の機関銃を潰《つぶ》せ」

戦闘に慣れた佐藤と石丸は、敵の弾道をはずれ忍び寄っていって、一、二の三で手榴弾を投げこむ。

機関銃は沈黙した。

佐藤と石丸は、凹地《くぼち》に宮脇一等兵を下ろし、負傷箇所をあらためた。弾丸は左乳下に命中し、傷口はちいさく、上衣の左ポケットの辺りにちいさな血の染みができているが、背中を見ると、拳ほどの射出孔が口をあけていた。

息を吸うと血がとまるが、吐くと溢れ出てきて、見るに堪えない有様である。

「石丸、中隊へ帰して軍医に手当てしてもらってくれ」

「よし、分った」

石丸兵長は一人の兵とともに宮脇一等兵を担架に乗せ、後退していった。

佐藤曹長が銃をとりなおしたとき、手榴弾が飛んできて左肩に破片が突き刺さった。

「よし、突撃じゃ」

そのとき敵の機関銃が猛射する音が聞えた。石丸兵長が道をまちがえ敵陣の正面に出て、体を蜂の巣のようにされ、戦死したのである。

第一小隊が突っこもうとしていたとき、中隊長から伝令がきて、命令を伝えた。

「隘路の敵攻撃は中止し、後退せよ」

敵の兵力は増加しており、第一小隊で突撃しても勝算がないと、中隊長は判断したのである。

夕方、中隊へ戻り、佐藤曹長は軍医に左肩の弾創の手当てをしてもらった。

「宮脇の様子はどうでありますか」

佐藤がたずねると、軍医は首を振った。

「あれは内地の病院で手術しても助からん重傷や。今夜中は保たんやろ」

佐藤曹長は、宮脇の寝ている枕もとへ坐り、声をかけた。

「どうや、しんどいやろなあ」

宮脇は、もはや正常な意識はないようで、返事をしない。眼をつむり身動きもしないので、すでに屍体のようである。

佐藤は傍の衛生兵に聞いた。

「宮脇はいま苦しいところやろ」

衛生兵は首を振った。

「もう苦しんどらんよ。どうやら善通寺の家へ戻ってると思うとるようや」

佐藤は宮脇の最期を見届けることにした。しばらくすると、宮脇は誰かに話しかけるようにつぶやきはじめた。

「トミよ、そっちへ寄れ、痛いわ」

間を置いて、おなじことをくりかえしいう。

しだいに夜が更けてゆくと、声はかすれて小さくなってゆく。濡れたガーゼで唇を濡らしてやっていたが、午後十一時過ぎ、聞きとれないほどの声でいった。

「トミよ、そっちへ寄れ。痛いわ」

声がとぎれたとき、脈搏《みゃくはく》もとまっていた。

優しき聯隊長

昭和十九年三月十五日、ビルマ方面軍は第十五軍の第三十一師団（烈）、第十五師団（祭）、第三十三師団（弓）の三師団により、インドに侵入、英軍基地コヒマ・インパールを攻略する、「ウ号作戦」を発動した。

途中、人跡未踏のアラカン山脈のジャングルを通過しなければならない。アラカンを越えて侵入する軍隊は、かならず敗北すると、英軍の参謀がいった。

「ウ号作戦」に参加する兵隊の食糧二十日分、弾薬、銃器など、身につけるすべての装具の重量は最低五十キロになった。

その重荷をつけ、一カ月ほど険しい山道の谷から峰へ上下する行軍を、続けるのである。戦闘に必要な火砲、砲弾の輸送には、自動車が必要であった。

武器、弾薬とともに、兵隊にもっとも重要なものは、水と食糧であった。それらを充分に輸送する兵站《へいたん》配備ができないままの侵攻作戦が、失敗に終るのは当然であった。

日本軍が悪路をようやく担送した野砲が、四十発を発射すれば、英軍は四万発を撃ちかえしてきた。

五月になると、英軍の重戦車がいたるところにあらわれてきた。歩兵部隊の備える三十七ミリ速射砲弾は、戦車の装甲にはねかえされ、山砲の直接照準射撃でようやく破壊できた。

英軍戦車群は、山砲陣地を発見すると、四十ミリ戦車砲の射撃を集中し、たちまち破壊してしまった。日本軍の歩兵は、靴の底革がやぶれても、新品が前線に届かないため、はだしで戦う。

三八式歩兵銃に着剣し、日本軍独得の強みをあらわす夜襲突撃をおこなっても、敵は自動小銃で掃射するので、甚大な損害が出た。

ついに作戦は失敗し、前線部隊は潰滅《かいめつ》状態のまま、撤退を重ねた。

マユ半島で「ウ号作戦」と呼応して戦っていた第五十五師団は、シンゼイワ、プチドン、モンドウの激戦をかさね、戦力がきわめて衰えていたため、昭和十九年十一月末、アキャブ地区の防衛を第五十四師団と交替し、イラワジ河流域の防衛に当ることになった。

インパールから潰走する日本軍を追撃する英印軍は、輸送機、グライダーを用い、資材、兵員を空輸して、日本占領地区に忽然《こつぜん》と頑強な円筒陣地を出現させ、予期しない方向から攻撃をしかけてくる。

路傍に集音マイクを仕掛け、日本軍の通過音を聴きとると、かねて照準をあわせていた重迫撃砲、野砲、重砲を豪雨のように撃ちこんでくる。

頭上には偵察機が、超低空でゆっくりと旋回しており、日本軍の所在が分ると、ただちに砲兵隊、戦車隊に連絡し、砲撃、火焔放射器での攻撃をさせた。

騎兵第五十五聯隊は昭和十九年三月二十八日、聯隊長が川嶋大佐から杉本大佐に交替していた。杉本泰雄聯隊長は、陸士第二十五期、明治二十四年四月生れ。山口県岩国市出身であった。

加藤操六曹長は、このとき聯隊本部員として、常に杉本聯隊長の身近にいて仕えた。聯隊長は小柄であるがいくらか肥《ふと》りぎみで、鼻下に白髭《しらひげ》をたくわえていた。口数はすくなく、幕舎のなかにいても、髭をしごきつつ何事か考えにふけっていた。

加藤曹長は階級制度の厳格な軍隊で、聯隊長に気やすく話せるわけもなかったが、若かったためか、甘えたい気持ちが動いたこともあった。

昭和二十年一月二十五日、ラングーンから約百キロ北上したレバダンに聯隊本部を置いたが、この日、杉本聯隊長を指揮官とする神威部隊が編成された。

騎兵第五十五聯隊（第三中隊欠）、歩兵二個大隊、山砲兵一個大隊、工兵一個小隊、師団通信隊、衛生隊、野戦病院が、杉本大佐の指揮下に入った。

騎兵第五十五聯隊は、レバダンに約四十日駐屯していたが、三月上旬には百五十キロ北上しプロームに進出、さらに約百キロ北上し、三月下旬からアランミョーの叛乱《はんらん》ビルマ軍討伐を行っていた。ビルマ軍は、インパール攻撃の日本軍が敗退をつづけるのを見て、もはや勝算はないと判断し、英軍に続々と寝返っていた。

四月になって、イラワジ河をマンダレー附近で渡河した英印軍は、戦車、砲兵の優勢な火力で、ビルマ中央部の日本軍陣地を掃討《そうとう》しつつ、急速に南下してきた。

制空権は完全に英軍に奪われ、トラック、鉄道などの主要な輸送手段を失った日本軍は、兵器、弾薬、食糧の補給もできず、残存するわずかな火砲のほかに、銃剣刺突による夜襲で死にもの狂いの反撃をするのみであった。

騎兵聯隊は三月二十五日から四月十五日まで守備していたトントンジーで、敵戦車に三十七ミリ対戦車砲二門を連続射撃して戦ったが、重戦車の装甲を貫通できず、かえって戦車砲の集中射撃を浴び、二門とも破壊された。

四月二十六日、トントンジーから百キロほど南西へ後退したアランミョーでの戦いでは、配属されていた高射砲第七十一大隊が、水平射撃で数台を破壊したが、敵のいきおいは増大するばかりで、山砲第五十五聯隊の砲列も、またたくうちに英戦車隊に蹂躙《じゅうりん》された。


騎兵第五十五聯隊が敵機甲部隊と、もっとも激烈な死闘を展開したのは四月十八日、トントンジーの南西、サトワの戦いであった。

夜明けまえ、サトワに到着した聯隊主力は有力な敵軍が間近にいると聞き、さっそく陣地構築をはじめた。

サトワは、南のラングーンから北上し、メークテーラへ通じる街道沿いの小集落であった。道路の南側に二十戸ほどの民家がある。周囲は一面の田圃《たんぼ》である。

北側にはなかば朽ちかけた古寺と、そのうしろにこれも古めかしいパゴダ（仏塔）が立っていた。寺の周囲はパンの大木が十数本あり、その東北方は三十メートル近い雑木林のつづく台地であった。

街道は車輛の通行できるアスファルト道で、樹齢数百年と見える街路樹がつらなっていた。道路の右手に第一中隊、左手に第二中隊が展開し、速射砲分隊、重機小隊が中央に位置した。まもなく雨季に入る時候であったが、まだ雨は降っておらず、乾ききった地面は力まかせにふるう十字鍬をはねかえし、壕を掘るのに手間がかかった。

集落に斥候が入ってみると、白衣のインド人がいた。訊問《じんもん》してみると、以前からここに住んでいるというが、ビルマ語がまったく通じない。敵のスパイと判断して捕えようとしたが、すばやく逃げられてしまった。

兵隊たちがようやく半身を隠せるほどの、深さ六十センチぐらいの穴を掘った頃、どこからか、「ウーン、ウーン」という飛行機とはどこかちがうエンジン音が聞えてきた。

戦場に慣れた兵隊たちは危険に慣れているので、反応が早かった。寺の庭で騒がしく冗談をいいあいながら、朝食を飯盒《はんごう》で炊いていた一群の兵のあいだから叫び声があがった。

「戦車だ、戦車だ。火を消せ」

彼らは生煮えの飯の入った飯盒を提げ、持ち場に駆け戻った。

敵は先頭に二台、後尾に一台の戦車をともない、七台の車輛に歩兵を満載してやってくる。戦車は東から一台、南から一台が車載機関銃を撃ちまくってくる。そのうしろから歩兵が押し寄せてきた。

このとき、山口兵長、西村兵長の二人が、フトン爆雷を抱えて南側の戦車にむかい走っていた。彼らは爆雷を戦車に投げつける肉攻手と呼ばれる決死隊である。

フトン爆雷は、敵の不発爆弾から抜きとった十キロの黄色火薬を座ブトンのような麻布のなかへ入れ、導火線と信管をつけた、工兵隊将校が考案したものである。

導火線の長さは十七ミリ、信管の紐を引き発火後、一・七秒で発火する。厚さ十センチほどの火薬を詰めた爆雷は、隅に鉛筆ほどの丸い蓋《ふた》がついていて、これをはずすと一・七秒で爆発するのである。

英軍の中型以上の戦車を破壊するには、フトン爆雷を用いるしかないといわれていた。

二人の兵長は街道の小橋の下へ飛びこみ様子をうかがう。戦車に随伴している英軍歩兵たちは、四方から日本軍の射撃をうけているので、戦車のうしろに伏せている。

山口兵長が、車載機関銃が反対方向を射撃している隙に、戦車に飛びかかって爆雷を投げたが届かず、二メートルほど離れた路上で爆発し、兵長は大腿部に機関銃弾をうけ、橋の下に転げこむ。

つづいて西村兵長が駆け出て、爆雷を戦車の下へ投げこもうとしたが、一メートルほど手前で爆発した。西村も手を撃たれ負傷したが、敵戦車は側面に風圧をうけ浮きあがったので、おどろいたのか後退していった。

肉攻手にかわって、速射砲がつづけさまに四、五百メートル先の戦車を砲撃しはじめたが、三発はそれてしまい、四発めに命中した。「ガーン」という着弾音がとどろいたが、それは戦車の天蓋《てんがい》に当った音であった。

戦車はただちに応戦し、四十ミリ砲の初弾が速射砲に命中、射手、弾薬手らが即死した。この戦車が、日本軍陣地内へ猛スピードで突進し、前後左右の浅い壕に伏せている兵を蹂躙していた。

戦車と日本軍の機銃弾が唸《うな》りをあげるなか、英軍歩兵の姿はまったく見えなかった。戦車が、南へ向く日本軍陣地に背をむけたとき、突然四メートルほどうしろの壕から一人の兵隊が飛び出し、戦車のうしろから全力をふりしぼってフトン爆雷を投げた。

それがぐあいよく、戦車後部の平らな機関部の上に乗った。つぎの瞬間、すさまじい爆発音が兵たちの体を震わせ、戦車から黒煙が五、六メートルほど噴きあがった。

機関部に大穴があき、戦車に積んでいた砲弾が、パンパンと爆発する。

そのとき車内にいた戦車兵が天蓋を開けて逃げようとしたので、傍《そば》の壕に伏せていた兵隊たちが戦車に飛び乗って刺殺した。敵の搭乗兵は六名であった。

この状況を見た敵戦車、歩兵は潰走していった。敵戦車を破壊した肉攻手、八田一等兵は、即日二階級特進の栄誉を与えられ、兵長となった。

八田は日頃、あまり機転のきくほうではなく、古兵に気合をかけられることが多かったが、部隊潰滅の危機にのぞみ、胆力を発揮したのである。彼は自分の属する小隊陣地が死傷者続出する惨状を見て、豪雨のように銃火が降りそそぐなかを夢中で駆け抜け、味方が歯の立たない戦車を爆発させた。

まもなく敵機三機があらわれ、戦車が黒煙をあげている第一中隊陣地に銃撃、爆撃を加え、二名の戦死者が出たが、その後三、四日間は戦車攻撃がなかった。

機関銃と明治三十八年製の小銃しか持たない日本陸軍は、兵器装備において世界の三流レベルにまで落ちていた。敵の装備、兵站能力を徹底調査したうえで作戦計画をたてる、綿密な準備を怠らない人物は参謀本部には不在であった。

日本の技術者たちは、アメリカのシャーマン戦車をはるかにうわまわる、四式中戦車、五式中戦車を試作していた。四式は自重二十四トン、七十五ミリ砲を、五式は八十八ミリ砲を搭載しており、これらが戦場に出現すれば、米英軍に圧倒されていた陸軍は、一挙に態勢をもちなおすことができたであろう。だが、参謀本部は予算不足として、これらの製造をおこなわず、いたずらに将兵の人命を損じても、小銃に着剣させ、突撃をくりかえさせるばかりであった。


サトワから約百キロ南下した騎兵第五十五聯隊が、さらに三十キロほど退却してベットキ・クリーク附近に到着したのは、四月二十八日であった。敵の大部隊は、八十台といわれる戦車群を先頭に、猛烈な砲爆撃をつづけながら、怒濤《どとう》のように追尾してくる。

日本軍の動きは、しつこく頭上を旋回する偵察機が常に把握していて、平坦地に出ると天地を引き裂くような砲撃が集中してくる。

Ｂ24爆撃機が投下する爆弾のうちには、日本軍の士気を萎《な》えさせるため、突撃ラッパを吹き鳴らすような大音響を鳴り響かせるものがあった。

四月二十九日には日没近くまで、敵戦車が聯隊本部壕の前面二十メートル附近に迫っていて砲撃をくりかえし、加藤曹長が一時は全滅を覚悟したほどの切迫した状況になった。五月一日には、ベットキ・クリーク南方十数キロのバローまで退いたが、この夜、参謀の土屋中佐が幕舎の薄暗い灯火の下で、杉本聯隊長につぶやくようにすすめた。

「聯隊長、やむをえません。邁《まい》作戦に移りましょう」

邁作戦とは、聯隊の所属する第二十八軍から指示されていた、東方のペグー山脈内に入り、根拠地を設け、山麓《さんろく》のラングーン街道からラングーンに進出し、市街を占領した英軍機械化部隊に対する遊撃作戦であった。

遊撃といっても、空陸協同した鉄壁のような敵軍に、背嚢《はいのう》もなく靴も失い、熱帯潰瘍《かいよう》に覆われた垢《あか》まみれの肌をさらした、痩せ細った日本兵が機関銃、小銃、擲弾筒《てきだんとう》でなけなしの弾丸を発射し、手榴弾を投げておこなう、貧弱なゲリラ戦である。

昭和十八年前半まで、ビルマ全土を制圧し英軍をインドに駆逐していた精強な日本軍の俤《おもかげ》はすでになかった。敵に制空権を奪われ、機甲部隊を撃滅する手段を失ったかつての精鋭は、山中に逃げこみ、夜間に行動する悲惨な状況に追いこまれてしまった。

騎兵第五十五聯隊を基幹とする、歩兵第百四十三聯隊第一大隊、山砲第五十五聯隊第一大隊を含む神威部隊は、ブロームからペグー山中のボーカン、シンズウェにむかった。

五月二十八、九の両日、ビルマ軍と遭遇、三十日夜には銃撃戦をおこない、十数人の死傷者が出た。

山中の集落へ食糧調達にゆくと、かならず射撃をうけるので、戦闘は避けられない。籾《もみ》や塩を買い求めることが、しだいに困難となってきた。これまで日本軍が武器を与え、養成してきたビルマ軍は、オンサン少将の指揮のもと、敵軍となっていた。

ペグー山系内を拠点とする、敵の後方ゲリラ戦の期間は、およそ二カ月とされているが、その間の食糧はなんとしても自給しなければならない。

雨季に入ったので、連日昼夜を問わず豪雨が降りそそぐ。ビルマ山中の雨は降りだすまえ、気温が急に下がり、虫、鳥までが啼声《なきごえ》をひそめた。まもなく天の底が抜けたかと思うような土砂降りになる。

雨にぬれたボロのような軍服をつけ、靴はやぶれ、足に汚れた毛布の切れはしを巻いた、痩せこけた兵隊は、命の危険にさらされているため、眼だけが爛々《らんらん》と光っていた。第一中隊の兵隊が、七、八軒の集落の前へさしかかった。

毎晩竹の柱にバナナの葉をのせた小屋で寝ているが、体じゅうびしょ濡れで、吹き出ものや、熱帯潰瘍が膿《う》み崩れて、孔《あな》があいている兵隊たちは、たまに濡れずに眠りたかった。

「ビルマ兵に狙われるぞ。このままいこう」

危ぶむ者もいたが、疲れていた将兵は足をとめた。

「ビルマ兵など、出てくりゃ叩いてやりゃよかろう。今夜はひさしぶりに服を乾《ほ》して、ここで寝ようや」

中隊は集落に泊ることになった。

人の気配のない小屋のなかから、煙草の葉を見つけ、セレー（ビルマ葉巻）をつくる者、高い床下にある足踏式の臼《うす》で籾をつく者など、思い思いに動きはじめた。

敗走をつづける間に、どの兵隊もマラリアを発症し、発熱、下痢、栄養失調となり、ちぎれかけたゲートルを巻いた足は、象のように脹《は》れあがっている。

兵隊たちは、日本へ生還する希望をすでに捨てていた。生還するためには、敵の捕虜になればいい。英軍はスピーカーで降服すれば手厚い保護が受けられると告げ、日本語で投降をすすめるビラを撒《ま》いていた。

だが兵隊たちは、戦闘中負傷して敵に捕えられた仲間が、切り裂くような悲鳴をあげ、英兵に銃剣で刺殺される光景を、幾度も見ていたので、弾丸、食糧が尽きても最後まで戦うつもりである。

しばらくおだやかな時間が過ぎたが、突然うしろの山から機関銃射撃をうけた。ただちに応射したが、ビルマ兵であろう、攻撃はそのままとだえた。

中隊の損害はただ一人、床下で籾つきの杵《きね》を踏んでいた八田兵長だけであった。

八田は後頭部を撃たれており、意識がほとんどなくなっていた。兵四人で担架搬送をして、聯隊本部の軍医の治療をうけることになったが、搬送する兵がすべて半病人で、まもなく力が尽きてきた。

中隊長が衛生兵に命じた。

「これでは運ぶ四人も共倒れじゃけ、残置《ざんち》するしかなかろうが」

八田は雨の山道に残置されることになった。

衛生兵は、人柄のいい八田兵長に好意を持っていたので、このうえはおだやかに成仏《じょうぶつ》させたいと思った。彼の携える赤十字の鞄《かばん》には、薬はほとんどなかったが、痛みどめのモルヒネ注射液だけを五、六本持っていた。

あまりにひどい苦痛を味わう者に注射して、安らかに逝《ゆ》かせるためである。

——何本打っちゃろうかのう——

彼は自問したのち、八田がすぐにあの世へゆけるよう、三本まとめて静脈へ注射した。そのまま眠るように息をひきとるだろうと思っていた衛生兵は、思いがけないことがおこったので、動転した。

昏々《こんこん》と眠っていた八田兵長が、急に起きあがって、大声でいった。

「腹が減った。腹が減った」

周囲を取りかこむ兵隊たちは、眼を見張って聞く。

「八田、ほんまに飯食いたいか」

八田は辺りを見回し、平然という。

「そうじゃ、早う食わしてくれ」

「傷は痛まんか」

「何ともなあぞ」

八田の負傷は脳に達しているが、どう見ても奇蹟《きせき》の回復をしたようにしか思えない。兵隊たちはなけなしの米を集め、飯盒いっぱいの四合の飯を炊き、八田に与えた。

「どうじゃ、うまいか」

「うまい、うまい」

八田は四合の飯を一粒も残さず食いおえて、担架に身を横たえた。

衛生兵が声をかけた。

「八田、気分はどうじゃ」

だが返事がない。

あわてて瞼《まぶた》をひらいてみると、瞳孔がひらいたままである。脈もとまっていた。八田兵長は、満腹して身を横たえたとたん、息をひきとったのである。

兵隊たちはそのさまを見て、号泣した。

ペグー山系の東西の麓《ふもと》を、ラングーンから北方のマンダレーまでむすぶマンダレー街道は、すでに英軍に占領されていた。

頭にあたると瘤《こぶ》ができると、ビルマ人が冗談をいうほどの大粒の雨が滝のように降るなか、東の街道のほうから英軍の重砲弾が絶え間なく飛んでくる。

第二十八軍の残兵三万五千は、山中で進退きわまった状態になった。騎兵第五十五聯隊が属する神威部隊は左突破縦隊となり、杉本聯隊長が前衛司令官として指揮をとった。

山中の道路は先行部隊が通過したあとは泥濘《でいねい》となり、ふやけて脹れあがった足にボロ布を巻きつけ、兵隊たちはよろめき歩く。その足どりは、はじめて歩きはじめた幼児のようにおぼつかない。

戦友が歩みをとめても、助力する余裕が誰にもなかった。敵の重砲弾が行手と後方に泥しぶきをあげ、しだいに弾着を近づけてきても、なるようになれと足を速める者もいなかった。塩分が欠乏しているので、動作がしだいに鈍ってくる。

砲撃が集中してくると、古兵は弾着が間近になっても伏せたまま動かない。そうすることが、もっとも損害を少なくすると知っているからである。

土砂と黒煙を噴きあげる敵弾が炸裂《さくれつ》すると、ろくに戦闘教練をうけずに前線へ送られてきた補充兵は、恐怖のあまり右往左往して走りまわり、飛散する弾片になぎ倒されてゆく。

豪雨が降りつづくと、至るところに地図にない川があらわれ、轟々《ごうごう》と濁流を奔騰《ほんとう》させていた。

行軍は敵機のこない夜間に、水のなかを泳ぐようにつづけられ、夜明けまえに集落を見つけ、そこに入って一日分の飯を炊く。わずか一握りの米は濡れているうちに醱酵《はっこう》し、酒のにおいのする粥になった。

敵機が頭上を偵察して去らないときは、やむをえず米を粉にして水で練り、薄板のようにして焼いたせんべいのようなものをつくった。そんなものでも腹に入れなければ、よろめきつつ泥水のなかを進む行軍に堪えられない。

多くの兵隊が夜盲症にかかり、行方不明となった。ある古参兵は水中の行軍をつづけるうち、体が冷えきって激しい腹痛、下痢がはじまった。

彼はついに動けなくなり、軍装のまま畦道《あぜみち》に寝ころび、携帯天幕を頭からかぶって眼をつむった。このまま、ここで死ぬだろうと思っても、恐怖心はまったく湧かなかった。

雨のなかで震えつつまどろんでいると、突然頭上で声がした。

「あそこで誰か死んどるようじゃなあ」

古参兵ははっと気がつき、天幕をはねのけ身をおこした。

田圃をはさんだむこうの畦道に、兵隊が三人立ってこちらを見ていた。彼らは屍体《したい》を見ればたちまち使える装具をひきはがし、裸にしてしまうのである。昼間の行軍はいつ敵機かビルマ兵の襲撃をうけるかも知れず、危険きわまりなかったが、古参兵は必死で所属中隊のあとを追った。

聯隊本部付の加藤曹長は、常に杉本聯隊長につきそい、護衛にあたっていた。

ペグー山系に入るまえ、聯隊本部がイラワジ河畔のマンゴーの巨木が枝をひろげている下の民家に置かれていたとき、河沿いの道を北方の前線から兵隊があいついで逃げてきた。

聯隊副官が抜刀を手に、彼らを制止した。

「こら、どこへゆくか。とまれ、とまれ」

だが立ちどまる者はなく、河下のほうへ走っていった。

彼らを追う戦車の砲弾が、河原いちめんに砂煙をたてる。

「あいつらをくいとめにゃ、いかん」

副官は傍にいる兵隊に命じた。

「ちょうど南風が吹いとる。あそこの家に火をつけろ」

雨季に入る直前であったので、乾ききっていた民家はたちまち燃えあがり、炎が河岸の野原にひろがったので、敵戦車の前進は一時停《とま》った。

だが砲撃はますます激しくなった。本部から塩田曹長が出てきて、マンゴーの大木の下の壕に入った。民家にいるよりも安全と思ったのであろう。

たちまち頭上のマンゴーの枝で、迫撃砲弾が破裂した。壕内の兵たちは、スクラムを組んだかたちで身を伏せた。砲撃で死んだのは、塩田曹長だけであった。

加藤曹長は、遺骨にするため塩田の手首を切り取りながらいった。

「こうなったら、生死は運しだいじゃなあ」

敵の砲撃は激しくなるばかりで、聯隊は山中へ退き、長い難行軍と戦闘をつづけたのである。

ビルマ軍は、戦力の衰えた日本軍を執拗《しつよう》につけ狙った。以前は相手にするのがばからしいほどの彼らであったが、いまでは油断すれば大損害をうける。

水を汲《く》みに下りた谷間で、三十人ほどの日本兵が折り重なって倒れていた。屍体は腐敗し、帯革の辺りにうじ虫が団子のように固まってうごめいている。

「こっちの重機を使うて、やりやがったんじゃろう」

惨状を眼にした兵隊がつぶやく。

ビルマ兵が日本軍の重機関銃を使い、不意討ちをしかけたのである。

土砂降りの夕方、疲れきった騎兵中隊の隊列が、数戸の集落にさしかかった。民家に泊れば危険を覚悟しなければならないが、雨中を朝まで行軍する体力は尽きていた。

小さなあばら家《や》に分宿した兵隊たちは、一歩踏みこむなり、濃い屍臭を嗅《か》いだ。

「臭えのう。家のなかに仏がおるんじゃろう」

「まあええが、濡れずに眠れりゃありがたいけのう」

わずかな夕食を喉に流しこんだ彼らは、急激な睡気《ねむけ》をもよおし、竹床のうえに寝ころぶ。薄暗い部屋のなかに誰かがいると気づいた者が眼をこらすと、三人の日本兵が寄り添うようにして横たわっている。

「あんたらは、どこの隊かね」

問いかけても返事がないので、高い床から足をぶらさげている一人の膝を、軽くゆすってみた兵隊は、おどろきの声をあげた。足が地面に落ちたからである。

先着の三人は、すでに腐りきっていた。

山を越え谿谷《けいこく》に下りては、また坂をよじ登る。死ぬよりも苦しく思える行軍を続けるうち、道端《みちばた》に傷病兵が数珠《じゅず》つなぎになって死を待っているようになった。

気がおかしくなった兵隊が、坐りこんだまま、何事かつぶやき、笑っているかと思うと、不意に大声で泣きわめく。

騎兵聯隊の隊伍からも、落伍者があいついで出てきた。雨中をよろめき歩いていると、行き倒れてなかば泥濘に埋もれている屍体を踏んだ。肋骨《ろっこつ》を踏むと、木の枝の折れるような音がした。

歩けなくなり、落伍の覚悟をきめた兵隊は、あるだけの米を炊き、全部食ってしまう。体力が弱っていて食い残すと、戦友にやった。そのあと、附近の谷間で銃声がひびく。自殺したのである。

六月中旬、騎兵第五十五聯隊はペグー山系タンビゴンという集落附近に着いた。ラングーン北方約百八十キロの山中である。第二十八軍司令部は、二十数キロ東方のメザリに司令部を置いていた。

軍司令官桜井省三中将は、麾下《きか》諸部隊を集結させ、東麓のクン河を渡り、敵の包囲網を破ってシッタン平原に脱出する作戦を練っていた。

騎兵聯隊は、食糧調達に悩んでいた。村落を見つけても、ビルマ軍との戦闘を覚悟しなければならなかった。彼らとの小ぜりあいで、すでに死傷者が出ていた。

タンビゴンでは、二週間不自由な暮らしに堪えた。豪雨のなか、兵隊の任務は危険を冒しての食糧調達、軍司令部との連絡、斥候などである。

日常もっとも苦しめられたのは、藪蚊《やぶか》の大群の襲来であった。竹の床下で籾殻を焼き、蚊遣《かや》りの代用としてみたが、けむったいのでとても寝られたものではなく、人間のほうが消耗してしまう。

まもなく土屋参謀が、第二十八軍司令部へ戻っていったので、神威部隊指揮の重責を杉本聯隊長がすべて担うことになった。

道路もろくにないペグー山系の作戦で、頼れるものは地図だけであった。地図がなければ作戦はおこなえない。

戦闘をしつつ、悪路を辿《たど》る悲惨な行軍を重ねるうちに、本部の行李《こうり》はすべて放棄しており、図嚢《ずのう》に納めて持ち歩いている地図が一部あるだけであった。

それも英軍から得た着色地図ではなく、大正年間に、日本陸軍参謀本部陸地測量部が作った黒一色の地図であった。

加藤曹長は行軍を終えて民家を探し仮泊すると、さっそくほの暗い灯火のもとでただ一枚の地図をとりだし、五、六枚の和紙のあいだに、青、黒、赤のカーボン紙をはさみ、翌日の行程がよく分るように複写したものを、各大隊に配布した。

行軍の目的地は、タンビゴンから東北へ約五十キロ離れた、一四一一高地であった。そこからシャン平原めざして下ってゆき、シッタン河を渡河して一路南下をつづけ、英軍の包囲を脱するのである。

ただ一部の原図は複写を終えると聯隊長が大谷少佐に返却した。

タンビゴン滞在中から将兵はろくなものを食べていない。ふだん体重が六、七十キロあった大柄な兵隊でも、身につける装具よりも軽い四十キロほどに痩せこけていた。栄養失調で夜盲症に罹《かか》っている者が多く、話し声も聞きとれないほどの篠《しの》つく豪雨のなかで、動けなくなる者が出はじめた。

行軍の初日はそうでもなかったが、二日め、三日めから泥濘に膝をついた者は、起きあがれなくなった。足を滑らして転倒すると、泥のなかでもがきまわるばかりである。

「こら、起きろ。こんなところで落伍すりゃ、一巻の終りになるぞ」

戦友たちが励まし引きおこすが、立ちあがった兵隊は数歩泥のなかを泳ぐように進むと、また俯《うつぶ》せに倒れる。

塩分不足で足があがらない。頑健な加藤曹長でさえ、坂道を登るとき膝があがらず息切れがした。

地図に点線で示されている道は、現地人が通るかぼそいもので、夜に行軍する先頭部隊が、苦労して探しつつ通過した。加藤曹長ら本部要員が通るときは、多数の将兵に踏みつけられ、幅の広い道になっていた。

だが連日の豪雨でぬかるみが深くなり、足をとられ転倒しないように気をつけて歩かねばならないので、疲労がつのってくる。

前へ倒れまいとすると、尻もちをつく。第二十八軍の全兵力三万五千が獣道を通過したあとは、道といっても浅いプールほどに泥濘がこねかえされていた。ほとんどの兵隊は素足で、足袋《たび》をはいたように白くふやけている。

雑草などは見当らず、わずかな玄米と筍《たけのこ》だけが食糧であった。筍はいたるところに生えている。人間の背丈ほどもあり、直径二、三十センチであるが、煮て食べるとやわらかい。

兵隊たちは口癖のようにいった。

「俺たちゃビルマで筍ばっかり食うて、おしまいには筍の肥やしになるんよ」

たまに山中へ迷いこんだ水牛、野牛、野犬を見ると、一発で射殺し、むさぼり食って蛋白質《たんぱくしつ》を補給するが、塩はどこにもない。

山中へ分けいると民家もなくなり、バナナの葉で屋根をつくり、降雨で体温を奪われるのをかろうじて防いだ。

栄養失調、マラリア、下痢で倒れる者が出ると、はじめのうちは戦友たちが担架搬送をするが、やがて搬送する兵隊があえぎはじめ、共倒れになりかねない状況になる。

運ばれる者は、担架を運ぶ戦友たちに懇願した。

「皆の情にすがるのも、ここまでじゃ。俺はここで死ぬけえ、下《おろ》してくれ。下さにゃ、お前らも死ぬことになるぞ」

戦友たちは泣きながら、担架を道へ下す。運ばれていた兵隊は、中隊の人影が視野にあるうちに手榴弾を爆発させ、自決した。

先を急ぐ戦友たちは、「ドカーン」という音がすると、胸のうちで合掌した。

騎兵第五十五聯隊の兵士たちは、善通寺市附近を故郷とする香川県出身者である。瀬戸内海にのぞむ、温暖な土地で育った彼らは、きびしい気候の他県出身者にくらべると、どこか日向《ひなた》のにおいのする鷹揚な雰囲気を身につけていた。

善通寺の沖には、大小の島が点在しており、海が多数の池のつらなりのように見えるところもある。春から夏にかけて、海面にしばしば濃霧が発生し、ボォーッと霧笛を鳴らしつつ、汽船が徐行してゆきかう。はなびらを飾った除虫菊畠を背景に、霧のなかから白衣のお遍路が歩み出てきて、霧のなかへ去ってゆく。

「霧が深うて、おえんのう。こりゃ今日は漁にゃいけまあ」

海岸で漁師たちの声がする。

贅沢な生活はできなくても、おだやかな明け暮れを過ごしてきた兵士たちは、情にあつい。内地からともに出征してきた軍馬にも、肉親に対するような情愛をかけてきた。だが、いまは軍馬はすべて死に絶え、内地では想像もできなかった地獄のような戦場で、生き残った兵士たちは、命が尽きるまで上官の指揮に服し、体力をしぼりつくさねばならない。

赤い山肌の泥道に足をとられた兵隊は、坂を下るとき、あおむけに倒れたまま滑り落ちた。先行部隊の落伍者の屍体は、しだいにふえてきた。

樹林に坐りこみ、幹にもたれるようにして息絶えている兵隊。道のまんなかに俯したまま、泥人形のように動かない兵隊。道から離れた斜面で、手榴弾で自決し、首から上のない者。衣服をはぎとられ、上半身が白骨となり、眼、耳、鼻、口に無数の蛆虫《うじむし》が団子のように盛りあがりうごめいている屍体。

行軍が五日めになると、どの兵も足を前へ進めるだけで精一杯である。

加藤曹長は、凄惨《せいさん》きわまりない状況のなかで、聯隊長の耳目《じもく》となって隊列の先頭をゆく尖兵《せんぺい》小隊へ連絡にむかい、報告のために後方の本部へ戻ることをくりかえし、部隊将兵の二、三倍は歩いた。格別に強靭《きょうじん》であった体力がなければ、とてもできることではなかった。苦難の行軍をつづけて十日めに、目標の一四一一高地に到着した。

高地では先発隊が宿営の支度をととのえていた。高地の樹間から東方を眺めると、シッタン平原が眼下に果てもなくひろがっていた。

湖と見まがうほど満々と水をたたえた田圃がつらなり、ところどころにある集落が、湖中の島のように見える。

そのなかにラングーンとマンダレーを結ぶ幹線道路が、南北に糸を引いたように通じている。道路の並木も雨中にはっきりと見えた。双眼鏡で見渡すと、幹線道路の彼方《かなた》に鉛色に光るシッタン河の水面が、手にとるように近かった。

人影もない風景を見ていると、敵の包囲網を簡単に突破できるような気がするが、視野のとどく限りは、英軍の制圧する地域であった。

第二十八軍の将兵が、兵数を減らしつつも、シッタン平地へむかっている情報は、英軍が偵知しているにちがいない。行軍の途中、しばしば攻撃してきたビルマ軍が、敵に情報を伝えているはずである。

豪雨のなかを、英軍偵察機が山稜《さんりょう》すれすれに、這いまわるように飛んでいる。それまで見たことがなかった、特殊な偵察機も出ていた。

プロペラ音が低いので、近づいてくるまでは気づかない。時速五十キロぐらいのスピードであらわれるので、下から見あげると一カ所にとどまっているように見えた。その偵察機は山肌を覆う樹林の合間に、わずかに身をあらわす日本兵の姿を、見落してはいなかったであろう。第二十八軍の将兵は、高地で十日ほど滞在し、四十キロほど東方のシッタン河渡河の支度にとりかかった。

軍司令部では、各部隊長が連日集合して戦術会議をおこなっていた。軍といっても、敵に対抗する火砲も失った丸はだかの部隊が、山を下りて幹線道路を闇にまぎれ横断し、さらに二十数キロを東進して、増水し奔馬《ほんば》のように流れるシッタン河を渡らねばならない。

ペグー山系に入ってのちの難行軍で、兵力はすでに半減していた。

軍司令部は敵地突破の案を練ったが、このまま山中にいると、全軍が餓死するのみである。将兵に伝えられた軍命令は、つぎのようなものであった。

「シッタン河渡河のために、兵一名に直径十センチぐらい、長さ三メートルの竹を持たせ、筏《いかだ》作りの材料とする」

七月二十日、全軍は竹竿《たけざお》を肩に一四一一高地を下り、シッタン渡河にむかった。

あとになって思えば、終戦まで二十五日を余すのみであったが、そのとき第二十八軍には敵地を突破するよりほかに活路はなかった。

行軍をはじめると、思ってもいなかった誤算が生じた。全軍の兵隊が三メートルの竹竿を担ぐので、行軍距離が延々と延びたのである。

高地から山麓に達するために、予想の何倍もの時間を要し、豪雨のなか竿を担いだまま転倒する者が絶えず、聯隊本部が山麓に着いたときは正午を過ぎていた。

山麓を流れるクン河の支流は河幅が三、四十メートルであったが、前夜からの増水で徒歩での渡河ができなくなっていた。

軍工兵隊が急造の橋をかけたが、水勢に押し流されてしまった。先に渡河した歩兵部隊は、進路の敵情偵察をしているはずであるが、連絡はとれない。

騎兵第五十五聯隊は河畔で三時間ほど待ち、やや減水したクン河を腰まで水につかって渡った。その日は後続部隊の渡河を待ち、濡れ鼠で藪蚊に悩まされつつ、翌朝になったが、クン河がまた増水したので全軍が集結できない。

七月二十一日も、クン河附近で待機する。一四一一高地を出発するまえに、南東のカニクインという集落附近から、英軍の砲撃を数回受けていたので、日本軍がこの辺りに集結しているのを敵は探知していると判断された。

降りしきる雨のなか、頭上には偵察機が絶えずあらわれ、旋回をつづけていた。

本部の将校たちは焦っていた。

「このまま幹線道路を越えるまえに、敵の攻撃を受けたときは打つ手がない。玉砕するしかないか」

加藤曹長らは降りしきる雨に打たれつつ、焼米をかじって好運を祈るしかなかった。

一部の部隊だけが先に幹線道路を渡り、シッタン河畔にむかえば、全軍の作戦行動を乱すことになってしまう。

携帯天幕をかぶり、しばらくまどろんだ頃、二十二日の朝がきた。ひさしぶりに雨がやみ、暑苦しい曇り空になった。藪蚊と虫に刺され、湿気に満ちた暑気のなかで、また日が暮れた。軍司令部がクン河を渡ったようだと、伝令が知らせてきた。全軍が幹線道路突破の態勢をとのえたのは、七月二十三日の日没まえであった。

全軍は闇のなか、道もないジャングルを伐《き》りひらきつつ、東をめざし進んだ。気がはやるが、動きはきわめて遅い。兵隊の担いでいる竹竿が、足かせになっている。

凹凸の多い樹林を歩いていると、突然南北へ一直線に見通せるところへ出た。道路かと様子をうかがうが、静まりかえっていて、アスファルト舗装、並木もない。

七月二十四日午前二時頃、幹線道路が前方三百メートルの地点に見えてきた。前面は一面の畑で、夜目にもはっきりと巨大なネムの並木が見分けられる。気づいたときは、先頭兵たちが、竹竿を担ぎ、すでに駆けだしていた。

敵の支配する道路を一分、一秒でも早く横切り、シャン高地へ辿りつきたいという思いは、誰もおなじである。

加藤曹長も逸《はや》る気持ちを抑えられず、走り出した。肥満体で、驢馬《ろば》に乗っている聯隊長も馬《ば》背《はい》で揺れていた。三年前には、乗馬で何度も東西に横切りながら北上していった幹線道路だが、なつかしく眺める余裕はなかった。

一瞬に路面を横切り、むこう側の水面に駆けいる。前後を続々と走っている兵隊は、呼吸をはずませるばかりで、声を出す者は誰もいない。敵に発見されたときは、附近はたちまち血に覆われた修羅場、第二十八軍の最期の地となるのである。

塗りつぶされたような闇のなか、四方は静まりかえっていて、こちらの動きに気づいた様子はなかった。

加藤曹長は驢馬の背で揺れる聯隊長を見失わないために、傍を離れないよう懸命に走る。田植えを終えたばかりの水田は、ふつうは膝下まで達するほどの水が張られているのだが、多数の部隊が通過して底がこねまわされてしだいに深くなり、きわめて歩きにくく、踏みこんだ足を引き抜くのに力をこめなければならない。

――ぐずつくな。暗いうちにシッタン河へ出にゃ、皆殺しにされるぞ――

曹長は杉本聯隊長の驢馬を操る姿を横に見て、シッタン河畔へ全力で急行した。内地を出るとき支給された腕巻き用磁石は、古びて性能が悪くなり、方向指示が不正確になってきていた。

曹長が闇にすかし、磁石を見ていると、その様子を馬上から見ていた聯隊長が声をかけ、何かを手渡してきた。日頃図面上に置いて使っていた大型磁石であった。蓋がついているので、歩きながら見るのに不便であったが、いわれるままに受けとる。曹長はそのとき聯隊長の磁石が、数時間後に遺品になるとは思いもしていなかった。

幹線道路から一・五キロほど離れた頃、正面に集落があらわれた。その入口に近い水田のなかに、電線が設置されていた。敵の連絡用通信線である。手持ちの工具で切断したが、容易に切れず手間がかかった。

曹長は、乗馬の聯隊長に待っていてもらい、集落のなかへ入っていった。歩兵隊の兵が十人ほど傍についていた。

突然、白衣をつけた男が五、六人、一軒の家から出てきた。曹長は現地人と思い、ビルマ語で声をかけたが、無言である。歩兵の一人が声をかけると、男たちは小走りに村の外へ走り去ろうとする。

附近の様子がおかしい。あまりにも静かであるので、加藤曹長は聯隊長のところへ戻ろうとした。

曹長が村外で待つ聯隊のもとへ二十メートルほど戻りかけたときであった。突然うしろから機関銃が火を噴き、歩兵が一人か二人倒れる気配がして、耳もとを弾丸がかすめた。

急いで戻ると、すでに部隊は低地へ避けていた。せっかく何事もなく道路を横断したのに、こんなところで銃声をたて、撃ちあうことはできない。部隊は集落を大きく迂回《うかい》して離れ、前進した。

そのまま敵は機銃を撃ちかけてはこず、何事もなく幹線道路から約八キロ離れた地点で、ようやく空が白んできた。

一四一一高地も後方の空に見える。この間にカニクイン村の方向からまばらに砲撃の音が聞えていた。その附近を東へむかう右縦隊が、敵に発見されたのであろう。騎兵第五十五聯隊の属する左縦隊は、まだ砲撃を受けていない。

「あそこに村があるぞ。休息するのに格好のところだ」

地図でたしかめると西インゴン（オクシキンとも呼ばれている）であった。民家に入ると、さっそく食事の支度にとりかかった。

将兵はともに、下半身は泥水でずぶ濡れ、上半身は泥の飛沫《しぶき》が一面に飛び、シャツが汗で肌に貼りついている。

聯隊長、大谷少佐と当番兵らは村の東北隅の民家に入った。疲れきった聯隊長の足どりは重かった。

夜が明けそめてみると、加藤曹長はこの集落の位置は悪いと、直感的に思った。もし敵が砲撃すれば、きわめて目立った目標になる。水田のなかに、そこだけ木が茂り、盛りあがるようになっている。

「どうもこの辺りは場所が悪いぞ。せっかく屋根の下へ聯隊長をお連れしたものの、砲撃を受けそうな気がしてならん」

護衛隊の軍曹も、死地を幾度もくぐっているので、勘はいい。

「俺たちは外へ出たほうが、よかろうな」

軍曹はすぐに応じ、十名ほどの兵とともに集落から三十メートルほど先に大きな菩提樹《ぼだいじゅ》があるのを見つけて、その下に場所を移すことにした。

直径五メートル、高さ二十メートルはあろうと思える菩提樹は、枝が張り出しているので、陽をさえぎってくれるし、敵機に発見されるおそれもない。

加藤曹長は、軍曹や兵隊たちに、附近の敵情、シッタン河を渡河してのちの作戦要領などにつき、話して聞かせた。

「河さえ渡りゃ、一路南下だ。あの辺りにはまだ日本軍がおるし、鉄道でタイへ入ることができるけえ、生きのびる望みはある」

武器、弾薬さえ充分にあれば、たいして勇敢とはいえない英軍相手に派手な戦闘をやり、これまでの鬱憤《うっぷん》を晴らせるのだが、かつての精兵は減ってしまい、肝腎《かんじん》の食糧さえろくに食わず、皆痩せこけている。

「まあ、味方のいるところへ、逃げこむのが当分精一杯じゃなあ」

酒のにおいを放つ焼米を頰張るうち、ろくに寝ていない加藤曹長たちは、深い睡《ねむ》りにひきこまれた。

雨季にめずらしく薄陽がさし、気温もあがってきた。午後三時頃、風の音さえ聞えるほどの静寂をつんざき、突然西南方面からドーン、ドーン、ドーンと遠雷のような砲撃音が聞えてきた。

間を置いて西側のジャングルに砲弾が落ちはじめた。一キロほど離れた辺りで、そこには軍司令部がある。

太鼓を叩くような砲撃音が鳴ると、空を唸らせて砲弾が矢継ぎ早に飛んでくる。空中で炸裂するものや、地上で土砂を噴きあげるもの、水田に落ちると高い水柱をあげ、まるで日本海海戦の図のようである。

ジャングルはたちまち砲煙に覆われてしまった。落下地点におればこの世の地獄であろうが、離れて見ていると、それほど緊張もせず戦争映画を見ているようだ。

およそ十分ほども激しい砲撃がつづき、途絶えた。

「いま頃、軍司令部は引っくりかえる騒ぎじゃろうな」

「せっかくここまで辿りついて戦死した者は、気の毒じゃな」

しばらく菩提樹の下で話しあっているとき、不吉な予感がした。誰かがいった。

「つぎはここかも知れんぞ。あいつらはこっちの行動をつかんじょる」

顔を見あわせ、耳を澄ますうち、午後四時過ぎ、さきほどの方角から砲撃音が聞えたと思うとたちまち、シュー、グァーン。砲弾の飛翔音と炸裂音がほとんど同時の至近距離であった。

聯隊長の休息している集落への直撃であった。鼻が邪魔になるほど顔を地面へ押しつけていても、炸裂するたびに風圧で体が十センチほどもはねあがる。大口径弾の息つく間もない落下である。とても聯隊長のいる民家へ駆けつけられる状況ではない。

古兵たちは耳をふさぎ、たがいに身を寄せあい、できるだけ身を低くしている。菩提樹の天《てっ》辺《ぺん》に砲弾が落下すれば、樹下にいる加藤たちは全滅である。だが歴戦の兵士たちは、戦場で幾度も死地に陥った経験があるので、恐怖に慣れていた。

加藤曹長は砲撃がやんだので、飛びあがるようにして集落へ走った。足は宙に浮いたようである。

近づいてゆくにつれ、被害にあった現場の独得のざわめきが聞えてきた。加藤は集落へ歩み入ってみて、言葉を失った。凄惨な場面は幾度となく見てきたが、父のように思ってきた優しい聯隊長が、掘り返されたような防空壕の側に、下半身を吹き飛ばされ、上体だけであおむけに転がっていた。

両眼は大きく見ひらき、傍に転がっている当番兵が重傷を負い、「殺してくれ」と呻《うめ》いていた。驢馬も腹に弾片をうけ、倒れている。

聯隊長とともにいた大谷少佐は、無傷であった。

「負傷者を手当てし、早くこの場所から撤退せよ」

大谷少佐の命令に、戦場慣れをした兵隊たちは附近の集落へ散っていった。

加藤曹長は涙を流しつつ、大きな口をあけた上の白く美しい髭に「こんな残念なことはありません」といいつつ、図嚢からシェフィールドの料理用ナイフを取りだし、聯隊長の右手を切りはなし、手拭《てぬぐ》いに包んで二日間行軍したのち、とろ火で焼き遺骨をこしらえた。

聯隊長は加藤曹長と雑談していたとき、よくいった。

「加藤よ、この戦争がもし終って元気で帰国できたならば、俺のところへ養子にくるか」

英兵にまさるとも劣らない、背の高い曹長は眉目《びもく》がととのっていた。杉本聯隊長は、もしかすると本気でそういったのかも知れなかった。

加藤曹長は、長い悪夢のなかにいるような気がした。

「こんなおそろしい土壇場に追いこまれて、毎朝眼がさめたら生きてるというのは、おかしいぞ。狐か狸に化かされることがあると聞いてるが、俺は昭和十六年十一月の出征以来、四年に近い年月を実は過ごしていないのではないか。詫間《たくま》の故郷の家で、意識を失うて長い夢を見ながら、うなされているのではなかろうかのう」

疲れきった曹長は、聯隊長の遺骨を缶詰の空缶に入れながら、周囲の物音が遠ざかり、深淵のような静寂のなかに、光を放つ小さな球体が非常な速さで遠ざかってゆくのを見たような気がした。

「あれは聯隊長殿の魂にちがいない。彼岸へむかい、駆け去っていかれるところじゃ」

曹長の両眼から、涙がほとばしった。

火砲、弾薬、食糧をすべて失った日本軍は、英軍の圧倒的な火力のまえに、一方的な虐殺をうける惨状であった。そのとき、自軍の死闘を見捨てた軍司令官、師団長以下の高級将校らは、飛行機でいちはやくタイ国内へ逃げた。

飛行機に乗れない将校は、汽船で慰安所の芸者らとともに逃げた。ある師団長は、師団兵力のなかばを失うマユ半島の悪戦苦闘の最中、内地から数寄屋造りの茶室一式をとりよせ、芸者らと酒色にふけりつつ、各部隊に玉砕を強要した。

無用の損害を拒んだ将校たちは自決させられ、その数は二十人や三十人ではなかった。敵戦車を射撃しても、砲弾をはねかえされ、戦車砲で破壊された三十七ミリ速射砲を捨て、全滅を避けるため撤退した中隊長も自決させられた。杉本聯隊長は師団長に抗議し、彼らの命を救うため、懸命に斡旋《あっせん》をした。

加藤曹長は、兵の苦闘に心をいためつつ逝った聯隊長の戦死を、悼《いた》むばかりであった。

死闘の前線

昭和十六年十二月八日、太平洋戦争がはじまり、日本は米英両国に宣戦布告をした。

この日、日本海軍第一航空艦隊はハワイ真珠湾を奇襲、陸軍第二十五軍はマレー半島、タイ国海岸各所に上陸した。海軍陸戦隊はルソン島北方のバターン半島に上陸、飛行場を占領した。九日には日本軍が香港攻撃を開始し、タイのバンコクに進駐した。十日には日本軍のマレー半島上陸を阻止するため、シンガポールに到着したばかりの、当時世界最強といわれたイギリス戦艦プリンス・オブ・ウェールズ（三六八三〇トン）とおなじく高速戦艦レパルス（三二〇〇〇トン）を、サイゴン基地から発進した海軍航空隊の陸上攻撃機八十五機が、一時間半の雷爆撃で撃沈した。

不沈戦艦と称した堅牢な艦体も、魚雷攻撃の反復で、たちまち破壊された。

十六日には呉海軍工廠《こうしょう》で戦艦大和が完成、聯合艦隊第一戦隊の旗艦となった。基準排水量六五〇〇〇トン、乗員、弾薬満載時排水量七二八〇八トンで、これまでの世界各国の戦艦を、およそ倍ちかく上回る大艦であった。口径四六センチという、世界最大の主砲九門を搭載し、最大射程距離は四一〇〇〇メートルという、海上の砲撃戦では無敵の実力を誇るものであった。

早稲田大学の学生であった丸山寿一は、この月に繰上げ卒業をして、翌十七年二月、近衛《このえ》歩兵第三聯隊（東部六部隊）に入営、歩兵砲中隊に配属された。

丸山は身長百八十センチを超える巨体で、二十三歳になったばかりの精悍《せいかん》な青年である。同年五月には甲種幹部候補生として前橋陸軍予備士官学校に入校。第一機関銃中隊に配属された。

十月に卒業、原隊に戻った。

東部六部隊は六本木に兵舎があった。丸山見習士官は毎日練兵場で初年兵の教官として、訓練をおこなう。

機関銃隊は、重機を搬送する挽馬《ばんば》の手綱《たづな》をとり、習志野、下志津《しもしづ》附近まで行軍をする。南方の戦局はしだいに緊迫し、ミッドウェー海戦の大敗についての情報は、丸山たちの耳にも伝わらなかったが、ガダルカナル島に米軍が上陸し、補給の足らない日本軍が物量攻勢に押され、悪戦苦闘しているという噂は、どこからともなく聞えてきた。

千葉県内の各地で民家に泊めてもらったが、当時、米は配給制になっており、一人につき一日二合三勺であるため、将兵をもてなすのは甘薯《かんしょ》ばかりであった。

「どこへいっても蒸し芋、焼芋、芋ぜんざいだ。参るなあ」

丸山たちは閉口するが、前線では食事はもとより、飲料水にも窮する状況だと聞いている。

「ここは国内だから贅沢《ぜいたく》がいえるんだ。戦地へいけば、肉、魚、野菜はない。塩さえ欠乏するうえに、悪疫が流行しているんだ。俺たちは困苦欠乏に堪えつつ、戦わねばならんのだ」

陸海軍の搭乗員が激しいいきおいで消耗しているのは、陸軍少年飛行兵、海軍飛行予科練習生の募集がさかんにおこなわれているのを見てもわかる。

開戦当初は飛行時間六千時間以上の熟練者が多数いたが、いまでは南方各地に配属されてゆく搭乗員は、飛行時間百五十時間から二百時間の者が多かった。

丸山の扱う重機関銃は、射程千メートル内外にもっとも威力を発揮し、一分間六百発の連続掃射が可能である。一銃で数分間のあいだに一個大隊の兵を殺傷する能力があった。

だが実戦では制空権を持つ軍隊がかならず勝つ。南方戦線では日本陸海航空隊の威力が急速に衰えてきていた。

制空権を失えば、こちらの行動を敵偵察機によりすべて察知される。

戦闘の勝敗は、偵察によって決するといわれる。敵が正面からむかってくるときは、さまざまの陽動作戦を用い、わなに陥《おとしい》れることができるが、頭上から観察されると、打つ手がなかった。

勇猛な突撃によっていかなる強敵をも粉砕してきた日本軍も、物量を誇る米軍を相手には、対策に窮した。すべての動きが敵に丸見えで、寡兵で大敵を撃破する得意の白兵戦法が威力を発揮できない。

敵の偵察機は、高射砲などの対空兵器をろくに持たない日本軍を軽視している。超低空を時速数十キロの低速でわがもの顔に下界を見渡している偵察機を銃撃すれば、たちまち何千発とも知れない砲弾が陣地に集中し、爆撃機が地面を耕すほど爆弾を投下し、機銃掃射を加えてくる。

「俺たちは中支辺りへゆけば、死なずにすむかも知れんが、南方の島へ転属させられたら、生きて帰れないと覚悟せねばならんぞ」

丸山たち見習士官は、隊内にいるとき語りあった。

だが丸山は南洋島嶼《とうしょ》に出征しなかった。昭和十八年五月、東部軍直轄《ちょっかつ》自動車大隊（東部第十九部隊）に転属させられた。彼は早大在学中に自動車運転免許を得ていた。

当時、自動車を運転できる者はすくなかったので、習志野の東部軍の自動車隊に入り、十月になってビルマ派遣第十五軍直轄独立自動車第二三七中隊（林三〇〇六部隊）に転属を命ぜられた。

丸山は南方軍諸部隊への補充兵八百余名の輸送指揮官として、十月中に門司港を出航した。門司と上海間の航行時間は通常二十八時間であるが、中国沿岸が視野に入ったのは数日後であった。

敵潜水艦の追尾を避け、朝鮮、中国の岸伝いに航行していたのである。輸送船は上海を経由し、仏印サイゴン（現ホーチミン市）に到着した。

引率した補充兵を同地とプノンペンで諸部隊に引き渡し、単身となった。サイゴンからプノンペンに滞在する日々は、きわめて快適であった。

市中の市場には家畜、農産物があふれ、果物が豊富で、いままで見たこともない南国の熟した香りを放っている。

宿舎は清潔なホテルで、まもなく戦場に入るとは思えない、満ち足りた生活を楽しむ。やがてバンコックへむかうトラックに便乗した。頭上に敵機の影もなく、丸山少尉は前途に激戦場があることを、つい忘れがちになっていた。

バンコックからは開通してまもない泰緬《たいめん》鉄道を利用するため、西方八十キロの起点ノンプラドックまで自動車を走らせた。

泰緬鉄道は、全長四百十五キロ、昭和十七年七月から翌十八年十月までの間に、建設されたものであった。イギリスがおなじルートで建設計画をたてたが、途中の区間三百四十キロが人跡未踏の熱帯山岳地帯で、工事完成まで三年かかると見て着工をあきらめたものであった。

絶壁、断崖がつづく難工事をおこなったのは、鉄道第九聯隊であった。

映画「戦場にかける橋」では、泰緬鉄道ただひとつの鉄橋である、全長約三百メートルのメクロン橋を、イギリス捕虜の技術によって完成した木橋であるとしているが、フィクションである。

鉄道第九聯隊が昭和十七年七月から橋脚工事をおこない、第四特設鉄道隊がジャワから輸送した十一連の橋桁《はしげた》を組みたて、十八年五月に完成した。

鉄道の区間内には約六百八十カ所に木橋がかけられ、そのもっとも高いものは十七メートルに達した。これらの架橋をおこなったのは、日本軍鉄道聯隊であった。

工事に参加したのは日本軍約一万五千人、捕虜約七万三千五百人、現地労働者約十万人。

工事中、マラリア、アメーバ赤痢、コレラが発生し、毎日死者が出た。

十二月、丸山少尉は無蓋《むがい》貨車に乗り、ノンプラドックからクワイ河渓谷沿いの密林地帯を西北へむかい、泰緬国境四百五十メートルの峠を越え、ビルマ旧首都モールメンに近いタンビザヤ駅まで、四百キロを超える旅に出た。

列車の燃料は石炭がないので薪《まき》を用いる。無蓋貨車に鮨詰めになっている丸山たち乗員は、頭から火の粉《こ》をかぶり、常に払いのけていなければ火だるまになりかねない。

ちょうど十月中旬から三月中旬まで、北東の季節風が吹き、降雨のない乾季である。季節風の吹くあいだは涼しいが、空気は乾燥しきっているので、火の粉が落ちるとレールの枕木まで燃えだすことがある。

そのため列車が激しく振動し、いつ脱線するかも知れないので、いつも警戒していなければならなかった。行手には断崖絶壁がつらなっている。

坂にさしかかると急に速力が落ち、乗員はすべて下車して列車の後押しをさせられた。百メートル以上もある断崖の下には、脱線墜落した貨車の残骸が積みかさなっており、背筋の寒くなる眺めであった。

英軍捕虜たちが、褌《ふんどし》ひとつでつるはしをふるい、保線工事をしていた。

丸山少尉はいったんビルマの首都ラングーンに到着したのち、ビルマ中部を南北に縦断する幹線鉄道で北上し、マンダレーに着いた。

ラングーン、トングー、マンダレーなどの重要な軍事施設のある市街は、月に二千機を超える米英インド連合空軍、在支米空軍の爆撃をうけ、すべての軍事拠点が廃墟《はいきょ》のような状況となっていた。

インドの敵空軍は四百機、在支米空軍は百二十機に達している。これに対抗する在ビルマ第五飛行師団は、昭和十七年十二月に戦闘二個戦隊九十三機、同十八年二月に飛行第十四戦隊重爆撃機三十六機を、戦勢不利な南東太平洋方面に抽出され、彼我の空中勢力は逆転し、制空権は完全に敵手におちていた。

日本陸軍は、昭和十七年一月上旬にビルマ進攻作戦を開始した。当時ビルマには重慶軍三個師団十万、英印軍一個師団と機械化一個旅団三万の大軍が防衛にあたっていた。

この布陣は米英からの武器援助を中国へおこなう援蔣《えんしょう》ルートを防衛するためのものであった。

ビルマ攻略にあたる日本軍は、当初第三十三師団（弓）と、第五十五師団（壮）の二個師団であった。どちらも一個聯隊をタイ国内に抽出され、双方あわせ実質は四個聯隊である。

一個師団は常備師団のうち甲師団が、戦時編成で二万二千人から二万五千人の人員になる。壮と弓はそれぞれ総兵力一万五千人で、乙師団の規模である。

師団には甲、乙、治安の三種があり、砲兵力によって差がつけられていた。甲の砲兵力を百とすれば乙は六十、治安は四十四であった。壮と弓は歩兵聯隊がそれぞれ四千人から五千人である。

大隊は約千人、中隊は約百五十人、小隊は約五十人である。

十三万の大敵に立ちむかうには、あまりに劣勢であったが、国境を越えた壮師団はモールメンをたちまち占領し、弓師団も快進撃をつづける。

三月八日にはペグー、九日にはラングーンを占領した。四月には第五十六師団（龍）と第十八師団（菊）が戦線に加わり、北上していった。

龍師団は車輌部隊を中心として編成しているので、進撃速度は一日百キロといわれた。重慶軍六個師団と英機甲師団は龍師団に中央突破をされてたちまち退却する。

日本の本州の三倍に近いビルマ全土は、五カ月間の戦闘で日本軍が占領した。米軍スチルウェル中将は、わずか数十名の部下とともにアラカン山中をさまよい歩き、からくもインドに逃げ帰った。

六月十日までの綜合戦果によれば、敵の損害は甚大であった。

遺棄屍体	二七、四五四
捕虜	四、九一八
戦車	二七〇
装甲車	一三四
野、山砲	一〇四
機関車	三三三
貨車	六、〇〇〇
自動車	七、三八三

牽引車　三八八

ビルマ派遣第十五軍の戦死、戦病死者の総計は二四三二人で、総指揮をとった司令官飯田祥二郎中将は、名将と呼ばれるにふさわしい戦績をあげた。

日本軍がビルマを制圧していたのは、一年に満たないあいだであった。急速に増強してきた英米空軍に制空権を奪われた昭和十八年二月十五日、第十八師団第五十五聯隊主力が守備している、カーサ地区に有力な敵があらわれたとの通報が入った。

「敵の大部隊が、バウンビン附近からジビュー山系にむかい、東進中」

カーサ地区とは、ビルマ北西のインド国境に近い、ホマリン、バウンビン、シッタンを南北につらねた、チンドウィン河とイラワジ河のあいだの、南北百六十キロ、標高二千五百フィートのジビュー山系東麓である。

その辺りは大部隊が作戦行動をとれない険しい地形で、道路はない。このため第十八師団長牟田口廉也中将は、敵が密林地帯にあらわれることはないと思いこんでいた。日本軍の戦術では、身動きも困難な山岳に入れば補給が続かず、敵を攻撃するなどは思いも及ばない。

だが第五十五聯隊本部に、同様の急報があいついだ。聯隊長木庭大佐は第一、第三大隊に索敵攻撃を命じた。

大隊長らは報告してきた。

「奴らは北と南に分れて侵入してくるようです。北からくるのはホマリンから山中へ入ったようで、南からくるのは、オークタウン辺りから山中へむかっています」

ホマリン附近を通過したのは、千頭ほどの騾馬《らば》に荷を運ばせた二千数百人の部隊で、オークタウンにあらわれたのは千人前後で、騾馬三百頭ほどであるという。

彼らはジビュー山系を越え、イラワジ河を渡り、中国国境に近いナンカンまで達し、そこで鉄道と橋梁《きょうりょう》を爆破した。さらにもう一カ所で橋梁を爆破した。

彼らは四月になって日本軍に発見され、四分五裂の状態となって密林へ逃げこむ。

第五十五聯隊の将兵は、神出鬼没の彼らを追いまわし、疲れはてた。

「あいつらは無線機で味方の飛行機と連絡をとりあって、逃げまわっとるんじゃ。食いものも弾薬も、落下傘で落してもらいおるので、山中でも持ちこたえておられるんよ。いや、うまく裏をかきやがったものだ」

いまいましいが、迫撃砲、機関砲、火焔放射器などを持っており、なめてかかると思いがけない痛手を負わされる。

それでも遺棄屍体を数えると、千人以上を倒したが、残りは散り散りにインド領内へ逃げこんだようであった。

四月末、バウンビン北方のチンドウィン河を敵兵十数名が夜中に泳ぎ渡っているのを見つけた日本軍が、機銃掃射を加えたが、そのすべてを射殺できなかった。だが、負傷した捕虜を訊《じん》問《もん》すると、彼らは泳いでいた敵兵のなかに、チャールズ・ウィンゲート准将がいたと自白した。

聯隊長木庭大佐は、ウィンゲートという将軍について、師団司令部へ照会すると、思いもしなかった事情が判明した。

ウィンゲートは後方攪乱《かくらん》戦術の権威で、パレスチナ戦争、イタリア軍のエチオピア侵攻に際し、ゲリラ戦を展開して大戦果をあげた人物であった。

彼は英軍がビルマで完敗したのち、英軍極東軍司令官ウェーベル大将の司令部に着任、ゲリラ戦で日本軍を悩ます計画をたてた。

日本軍の戦術は敵の後方の補給線を遮断し、包囲攻撃をおこなうのをもっぱらとしている。こちらは制空権を手にしているのだから、ゲリラ戦はどのようにでもできる。軽装備で幾つもの小隊に分れ、補給は空中からうけ、敵情はすべて飛行機の無線によって得る。

こうした戦術を駆使して、日本軍戦線の内部に侵入し、夜間のみ行動して数カ月間攪乱戦術を用いると、敵の動揺は深刻であると、ウィンゲートは考えたのである。

ウィンゲートは二千足らずの将兵とともに逃げ帰ったが、四カ月間で千五百キロの敵中潜行をした体験によって、ビルマ反攻は難事ではないという自信を得た。

制空権があり、物資、兵力の空中輸送が可能であれば、広大なビルマの各地に点在する日本軍の細い糸のような防衛線を破るのは、難事ではないと考えたのである。

ビルマ方面軍が新設されたのは、昭和十八年三月二十七日であった。米英支連合軍の総反撃が接近している情勢のもと、軍司令官河辺正三中将が着任した。参謀長は中永太郎中将である。

第十五軍の戦闘序列は司令官牟田口廉也中将である。その麾下《きか》に四人の師団長が従う。

第十八師団　田中新一中将

第三十一師団　佐藤幸徳中将

第三十三師団　柳田元三中将

第五十六師団　松山祐三中将

各師団の防衛担当区域について、協議がおこなわれた。

第十八師団長田中中将は、ミートキーナ、フーコン地区と、チンドウィン河方面のうち、それまで防衛にあたっていたチンドウィン正面の防衛を第三十一師団（烈）にゆずり、フーコン谷地の防衛担当を申し出た。

ビルマ駐屯軍の防衛のために昭和十七年初頭に福岡で急遽《きゅうきょ》編成し、二月に門司を出港してビルマに駆けつけた第三十一師団は、未教育補充兵が大半の新兵団で、内地で充分な人員補充ができなかった。そのため第十八師団から歩兵一個聯隊、騎兵大隊、野戦病院一個という、全師団の三分の一ほどの兵力を第三十一師団に転属させていた。田中中将は戦力未熟な第三十一師団を、もっとも条件劣悪なフーコン地区へむかわせるに忍びなかったのである。

第十八師団全兵力は一万五千であるが、師団司令部を置くミートキーナ防衛とシャン州ラシオに駐屯する予備軍に、一個聯隊を必要とする。そのうえ自動車隊など機動力が削減されたので、歩兵砲、重砲を基地に残して出動しなければならなくなった。

フーコン谷地は、人跡未踏の密林地帯である。フーコンとは山中に棲《す》むカチン族の言葉で「死」を意味するものであった。死の谷と呼ばれるジャングルは、東西三十キロから七十キロ、南北二百キロの暑熱と湿気が満ちた広大な地域である。コレラ、マラリア、ペストなどの伝染病がはびこり、虎、豹、野生の象、猿、大蛇、毒蛇、毒蜘蛛《どくぐも》、サソリ、蛭《ひる》が、密林に足を踏み入れる人間に襲いかかるのである。

第十八師団が新陣地へ兵力の配置を急いでいた十月三十日の夕刻、フーコン谷地の北端ニンビンに、突然有力な敵部隊が攻撃してきた。

ニンビン守備隊は、わずか一個中隊である。

攻撃してきたのは、中国軍大部隊で、砲弾を豪雨のように撃ちこみ、密林をなぎ倒して殺到する。

歩兵第五十六聯隊長長久大佐は、二個大隊を率い、聯隊主力の駐屯するモガウンから百二十キロ離れたニンビンまで、雨季の泥濘《でいねい》のなかを泥人形のようになって北上した。

十一月五日、歩兵一個大隊と山砲一個大隊が到着し、全滅寸前のニンビン守備中隊と合流し、反撃に転じたものの、敵兵力は日ごとに増えるばかりであった。

敵将校の戦死体から押収した日記によって、第十八師団が三千に満たない兵数で苦戦を強いられている相手は、米式装備の中国軍二個師団とガラハッドと呼ばれる、ジャングル戦の訓練をうけた米軍三個大隊で、全軍を指揮するのは、インド派遣米軍総司令官スチルウェル中将と分った。

ついでタロー平地、シンブヤンにも中国軍一個聯隊ずつが進出してきたので、歩兵第五十五聯隊第二大隊がタロー、第一大隊がシンブヤンに急行した。聯隊長山崎大佐が陣頭指揮をとり、敵に大打撃を与えたが、火力、兵力ともにすぐれた敵軍の反撃は激烈をきわめ、日本軍は陣地を死守したが戦勢はしだいに切迫してきた。

第十八師団は中国戦線で戦歴を重ね、相手の実力を知りつくしていた。中国軍はどれほど大部隊であっても三方から包囲し、締めあげてゆけば潰走《かいそう》する。だが、フーコンではこれまでまったく見せたことのない戦闘態勢を見せた。英軍がジャングル戦に用いるリング・ディフェンス・システムであった。

円筒型陣地をジャングル内に造りあげるのだ。資材、建設機械はいくらでも空輸し、重火器、弾薬、兵員はグライダーに乗せ、陣地内に降下させる。

円筒陣地を破壊するには、すくなくとも敵と同数の兵力と、大量の火砲、制空権が必要であった。日本軍はこの三条件を備えていないので、戦えば被害は続出し、ついに後退せざるを得なくなった。

フーコン谷地における英印軍は、輸送機を用い進出してくるので、日本軍の予測できない地区に突然円筒陣地を出現させる。四百から五百の兵力に迫撃砲三、重機六、七を備える。

このような陣地を数カ所に設置すると、その中間点に物資投下点を設け、弾薬、食糧を蓄え、さらに後続部隊を進出させる。

彼らは円筒陣地に拠《よ》って、三倍の兵員火器があれば、勝てると考えているようであった。兵力、火力において十分の一以下の日本軍は、砲撃によって突破口をひらくと、すさまじい白兵戦をおこない、敵に損害を与え、英印軍、中国軍の損害は日本軍の四倍に及んだ。

だが、第十八師団の戦闘可能な兵数は、フーコン作戦開始のときにわずか四千である。前線で消耗した兵を懸命に補充するが、制空権を奪われているため、夜間のみの行動で戦線を支えるのは、至難のわざであった。

第十八師団はフーコン谷地に入ってのち、資材はもとより弾薬の補給さえろくに受けていない。それで敵に四倍の打撃を与えたのは、銃剣突撃という、戦国時代から変らない肉弾戦であった。

日本軍の参謀たちは、いったい何を考えていたのであろう。ジャングル内に続々と円筒陣地をつくりだす、敵の動きを観察すれば、戦闘手段を変更すべきであった。それができなければ撤退し、戦線を縮小して、兵站の確保をはからねばならない。

その配慮がなければ、味方は弾幕のなかに身を投じて自滅してしまうことになる。だが参謀たちは自分の保身を、兵士の命よりも優先して考え、退却よりも全滅を撰《えら》ばせようとした。

丸山少尉が第十八師団配属の独立自動車第二三七中隊に着任したのは、フーコン谷地の戦闘が激化の一途を辿《たど》っていた昭和十八年十二月も末に近い頃であった。

中隊長の青木大尉以下百八十余人。三個自動車小隊五十四輛、修理班（鍛、機工車）三輛等、合計六十余輛の編成である。

中隊ははじめは中国国境に近いラシオに駐屯していたが、フーコン作戦発動にともない、バーモ、ミートキーナへ北上し、フーコン谷地南部のモガウンからさらに五十キロ北進して、前線に近いナンヤセーク三叉路《さんさろ》に到着していた。

丸山少尉は、樹高三十メートルといわれる大密林のなかにある小集落の中隊本部に着任し、現地人もおそれる悪疫瘴癘《あくえきしょうれい》の地といわれるのも当然だと、昼なお暗い樹林を見あげた。

何百頭とも知れない野猿が騒然と啼《な》きかわしつつ、樹間を移動してゆく。夜になれば、名も知れぬ野鳥の声が絶えまもない。間近に虎の咆哮《ほうこう》を聞くこともあった。

青木大尉は教えてくれた。

「野象の糞は、ひと抱えもある岩のようだ。糞がいくつも転がっているのを見ると、ただちに引き返さねばならない。あれは密林のなかでは虎よりもはるかにおそろしい。

人間を見るとどこまでも追いかけてくる。なぶり殺しにするんだよ。機関銃で撃っても、耳のうしろの急所に命中しないと、凄い速さで襲ってくるんだ。五頭も六頭もくれば、逃げるよりほかはないね」

中隊は昭和十六年六月に、国府台の野戦重砲兵第七聯隊で編成され、大東亜戦争開戦前に仏印に進駐し、飛行場建設に従事するうちに開戦となり、ただちにビルマに進攻し、旧首都マンダレーに一番乗りをしていた。

その後ラングーンに駐屯し、ビルマ諸地域の兵站《へいたん》輸送にあたっていた。

中国新編第一軍が、米英の支援のもと、フーコンの密林のなかで、精強で名を知られた日本軍第十八師団と激戦を展開しているのは、北部インド領の石油産地であるレドから、フーコン谷地北部を横断し、ビルマ領ミートキーナを経由して、中国雲南省昆明に至る全延長千七百キロの公路を建設するためであった。

公路には直径十センチの送油管を敷設し、石油を中心とした中国援助物資輸送の幹線ルートとしての役割を果させるのである。

日本軍は中国全土で百余万の兵力をもって蔣介石の率いる中国政権を猛攻していた。蔣政権は、米英からの援助物資輸送が減少すれば、日本と単独講和を締結しかねないまで、戦力が衰えていた。

もしそうなれば、米英のアジアにおける権益はすべて消えうせる。そのため、空輸による援助を陸路を用いる大量輸送に変える必要に迫られたのである。

このため、米国陸軍がジョージア州フォート・スチュアートに設けた特殊戦訓練所で鍛えられたジャングル戦専門の兵士三千が、インド・カルカッタに進出し、昭和十九年二月からフーコン作戦にむかった。

彼らは七百頭の馬匹《ばひつ》、多数のシェパード軍用犬をともない、四万に近い中国軍とともに出撃したが、食糧はもちろん弾薬にも欠乏をきたしている第十八師団の二個大隊と戦ううち、銃剣突撃をおこなうのみの貧弱な日本軍に昼夜の出血を強いられ、三千人の兵力が千人足らずにまで減少した。

丸山少尉は、このような激戦がしだいにひろく展開されてゆく戦場に到着したのである。

彼は学生生活を東京で送った。軍隊生活は前橋予備士官学校、近衛歩兵第三聯隊での初年兵教育、高射機関銃隊での訓練ぐらいで、戦場の経験はまったくない。

ただマンダレーから北上する途中、爆撃のため鉄道線路は寸断されており、歩行する場合が多かったので、物量豊富な敵の爆弾の痕跡《こんせき》は至るところで見てきた。

昼間はジャングルに身を隠していなければ、いつどこから敵機が襲ってくるかも知れない。北上して戦線が近づいてくるにつれ、昼間は偵察機がひっきりなしに頭上を往来しはじめた。

自動車隊に着任したのち、新品少尉と軽んじられる丸山は、胸中で先輩たちにいい返す。

――まあ見てるがいいさ。運転の腕前なら君たちに負けないからな――

だが、ナンヤセーク陣地に到着して与えられた丸山少尉の任務は、トラックなどの車輛運転ではなかった。

中隊長は命じた。

「君はトラック隊ではめずらしい、歩兵科出身だな。この十月から米軍スチルウェル中将の指揮する米支連合の敵の大軍が、わが前線陣地に攻撃をしかけてきている。

またここから東北のミンジボム地区という山地は、英軍の工作隊が入っている敵性地域で、敵のパトロール隊やゲリラ隊が、道路妨害をさかんにやっているんだ。

わが師団では、十数倍の敵を支えているので、後方兵站線の安全を確保する余力はない。だからわれわれ輸送部隊、後方部隊は、自力でそれをやらねばならんのだ。

さいわい君は歩兵科出身だから、しばらく道路巡察警戒の任務にあたってもらいたい」

道路警戒といっても、臨時に編成された二十人の徒歩小隊を指揮して、特務機関の西機関との情報交換、将校斥候に出ることが主な任務であった。携行する火器は、部下が所持する小銃と、軽機一挺である。

有力な敵と遭遇し、待ち伏せされたときは全滅しかねないが、ジャングルで数人の敵と出合いがしらに銃撃をまじえる小戦闘をかさねるうちに、実戦のおそろしさを知らないままに、戦場の空気に慣れたような錯覚を抱くようになっていた。

だが、たまたまナンヤセークを通過する歩兵部隊に、士官学校で同期だった小隊長がいた。丸山は彼と一晩話しあった。丸山よりも半年先にビルマに到着していた少尉は、実戦では思いがけない危険に出合うことを、教えてくれた。

「俺がきたときは雨季だったからなあ。毎日滝のような雨が降りつづいていた。ある村に入ったとき、大きな二階建ての家があったので、そこで泊ろうとした。だが俺の第二小隊が入ろうとすると、先任の第一小隊長の中尉が、そこへ泊りたいといってきたので譲ったんだ。

俺たちは二、三軒の小さな家に分れて泊ることにした。毎日、夜行軍をつづけていて、褌までビショ濡れだから、どんなあばら家《や》でも、濡れずに寝られるのはありがたい。ちょうど雨があがり、湿気で濛々《もうもう》としているが、薄陽もさしてきた。敵に制空権が移っているのは、夜行軍ばかりしてきたから、充分分っているつもりだった。

だが空襲で被害をうけたことがなかったので、心構えが甘かった。中尉らが入った二階家では、濡れた兵器や衣服を二階の窓いっぱいにかけて、乾かそうとしていた。

俺たちも、小さな家屋のなかで、おなじようなことをしていた。昼過ぎになり、どこからか爆音が聞えてきたが、じきに遠のいていった。機影なんて見えなかったよ。なにしろ空なんてろくに見えないジャングルのなかだからな。

それが敵の偵察機の爆音だったんだよ。きっと特殊な望遠鏡で地上を見渡して、二階の窓にたくさん吊《つる》していた干し物を見つけたんだろうな。

午後五時頃だった。急に爆音が鳴りわたって、敵の爆撃機が三機編隊であらわれ、二階家めがけて爆撃をおこなった。二、三十発も落したかな。辺りは畑を耕したような有様だったよ。俺たちに被害はなかったが、二階家は直撃弾で吹っ飛び、第一小隊長以下戦死者のちぎれた遺体が、まわりの木の幹にへばりついていた。

死傷者は小隊員の半数だった。

俺たちが追い出されなかったら、その家でおなじことをやって、おなじ目にあっていただろうな。いや、戦場のおそろしさが、そのときはじめて分ったよ」

丸山はおもわず溜息をついた。

「そんなことは、体験しなければ分らないだろうな。一度ひどい目にあわないと、用心深くなれないものだよ」


昭和十九年になって、前線の戦況が急迫してきた。敵が空中補給で日本軍後方の思いがけないところに円筒陣地をつくり、補給路を遮断するので、敵中に孤立した小部隊が連絡をとりあうこともできず、潰滅《かいめつ》してゆく危機が目前になった。

二月四日、第十八師団司令部は、タナイ河沿いの第一線陣地をすべてマインカンまで後退させる命令を下した。

前線陣地のあるタイバカからマインカンまで、地図上の直線コースで約八十キロ、実際には百五十キロの距離である。

自動車中隊はタイバカ陣地後方の弾薬交付所に集積されている弾薬を今夜のうちに回収後送せよとの命令を受けた。丸山少尉がトラック二輛を指揮してタイバカへ向うことになった。

道案内と荷役のため、歩兵第五十五聯隊の一個分隊が同行した。

「敵の戦車が出ているから、用心していけ」

中隊長にいわれるまでもなく、日本軍の三十七ミリ連射砲の徹甲弾をはね返すM4戦車の四十ミリ搭載砲に狙われたら、生きては帰れない。

前線に近づくにつれ、負傷兵を担架に乗せ、肩を貸しながら後退してくる歩兵部隊が道を塞《ふさ》ぎ、しばしば車を停止させねばならない。

砂埃《すなぼこり》と硝煙にまみれた兵隊がどなる。

「敵が近いのにライトをつけている馬鹿たれが。消せ、消せ」

しかたなく無灯火で走る。時間を気にしつつ先を急ぎ、ようやく集積所に到着すると、休む間もなく闇中の手探りで敵に気付かれることもなく積込作業を終え、エンジンの音に気をつかいながら、約五十キロ後方のワローバンという村のはずれに設けた新集積所に荷を下した。

そのとき夜が明けてきて、敵の偵察機、戦闘機の爆音が四方から湧きあがってきた。

日本軍は、マインカンで二月下旬まで十数倍の敵と戦いつづけたが、三月に入って多数の戦車に掩護された敵に、後方のワローバンを急襲され、退路を断たれた。

このため第十八師団司令部は、工兵隊が非常事態にそなえてつくっていた、ジャングルの中の伐開路《ばっかいろ》を通過してようやく脱出した。たまたま司令部に待機していた自動車第二三七中隊の一個分隊が、トラック四台とともに全滅してしまった。

丸山少尉らがワローバンに移動させた弾薬集積所は、敵に発見される前に、約八十キロ南方のサズップに移していた。

三月八日、サズップ附近の道路に敵が侵入してきたと斥候が知らせてきたので、これを阻止せよとの命令をうけ、丸山少尉は軽機一挺を頼りに、二十人ほどの部下を連れ、出動した。

敵が斥候であればともかく、重装備をした歩兵部隊であれば、後退するしかない。軽機などを撃てば、眠っている虎を呼び起すような結果になる。

幹線道路からジャングル内の小道を、足音を盗み、辺りを警戒しつつ四百メートルほど辿っていったが、人の気配がないので、二百メートルほどのところにあるカチン族の集落へ引きかえす。

師団歩兵と戦った敵軍は、米英印支の混成大兵団で、さまざまな新兵器を備えているという。肩に担ぐ鉄筒からロケット弾を発射し、命中すれば戦車を破壊する威力があるという奇妙な武器は、バズーカ砲であったが、第十八師団の兵がこれを四挺も分捕《ぶんど》ったのに、撃ちかたが分らないため、戦場に捨ててきた。

彼らの用いる火焔放射器は、日本軍のものよりも三倍は火力がつよい。

丸山少尉は、集落の広場にむかう林の樹木の間に壕《ごう》を掘った。辺りは疎《まば》らな雑木林で、百メートル後方にジャングルが壁のようにつらなっている。

壕を掘りはじめて十分もたたないうちに、爆音がとどろき、敵戦闘機二機があらわれ、樹林をざわめかすほどの超低空で襲ってきた。

丸山たちは掘りかけた穴にかじりつくように伏せた。二度、三度と戦闘機は旋回しながら銃撃して、濛々と土埃をたてたが、姿を消したあとふたたびあらわれなかった。

「早く壕を掘ろう。ぐずついていたら、また戻ってくるぞ」

円匙《えんぴ》をふるい、乾いた土を削るように掘りかけたとき、銃声が鳴りわたった。

おどろいて顔をあげると、広場のむこうに出ていた歩哨《ほしよう》が駆け戻ってくる。そのあとを追って敵兵があらわれた。広場を埋めるほどの人数で、軽機、自動小銃の射撃音が沸きたつようである。

疎林へ撃ちこんでくる弾着音が、身を削るようにするどく迫ってくる。

「軽機、何をしとるか」

古参曹長が怒号するが、実戦経験のすくない兵隊はうろたえ、軽機は故障して発砲できない。ぐずついていては全滅だと判断した丸山少尉は、すばやく号令を下した。

「全員ジャングルへ後退せよ。応射しつつ逐次後退だ」

丸山隊はジャングルまでの百メートルほどの距離を、負傷者を出さず退き、大木を楯《たて》として応戦する。さいわい軽機も作動しはじめた。

だが、このままではとても持ちこたえられない。丸山少尉は中隊本部へ応援を求める伝令を走らせた。

伝令はたちまち駆け戻ってきて報告した。

「道路に出たところ、前線から後退してくる歩兵部隊と会い、応援を頼みました。まもなくきてくれるとのことです」

第十八師団の歩兵たちはサズップへ引きあげる途中、烈《はげ》しい銃声を聞き、味方に助力しようと斥候を出そうとしていた。

「人数はどれほどだ」

「約二百名です」

「砲を撃ってくるのか」

「いいえ、ヴィッカース（重機）五、六挺で掃射しつつ、前進してきます」

「よし分った。大隊砲を五、六発ぶちかませば、びっくりして逃げるだろう」

「ありがたくあります。おかげで助かります」

丸山少尉は命拾いをしたとよろこぶ。

敵は左右にひろがり、ジャングル内に進入してきていた。味方は軽機の弾丸が尽きれば、そのときが最期だと丸山は白兵突撃を覚悟していた。

戦闘に熟練した歩兵の一隊を指揮して、精悍な面《つら》がまえの中尉があらわれ、地物《ちぶつ》を利用して、部下を左右に展開させ、ド、ド、ド、ドと重機射撃をはじめた。

やがて歩兵砲中隊が口径七十五ミリの聯隊砲を曳《ひ》いてきて、手早く発射準備をととのえる。

「撃てっ」

聯隊砲が近距離砲撃をはじめた。

敵中に火柱が立つ。五発の砲撃で敵軍は重火器、装備を捨てたまま、林間をわれがちに潰走していった。


十数倍の中国新編第一軍を、半減させるほどの善戦をつづけていた日本軍が、マインカンから撤退につぐ撤退をはじめねばならなくなったのは、米軍シャーマンLII型中戦車が進出してきたためであった。

五十七ミリ砲を連射しつつ肉迫してくる戦車は、はじめのうちは日本軍山砲の餌食《えじき》となっていたが、やがて台数が増加してくると、集中砲撃で山砲陣地を潰滅させた。

日本軍独立速射砲大隊の三十七ミリ砲は、シャーマン戦車を正面から砲撃すると、砲弾を命中させても分厚い装甲板にはねかえされるので、側面の機関部を狙わなければならない。

日本軍にはタ弾という特殊な性能の徹甲弾があった。形状はさまざまで、重砲、野砲から擲《てき》弾筒《だんとう》、小銃に至るまで装着できた。ドイツ軍との技術交流によってできたものであり、実際に小銃に装着したタ弾でシャーマン戦車を炎上させ、二階級特進の表彰をうけた兵隊もいた。

だが、ビルマ戦線に配送されたタ弾の数はすくなく、それを受けとった兵隊も、行軍につぐ行軍のあいだにその重量に堪えかね、捨てるのが現状であった。

米特殊部隊のガラハッド大隊、英ウィンゲート空挺部隊が、日本軍の思いがけない地点に突然あらわれ、後方からの補給線を断ってしまうので、戦勢はふるわなくなっていった。

敵は優秀な土木機械を駆使して、ジャングル内で戦車、装甲車を行動させ、偵察機で絶えず日本軍の動静をたしかめている。日本軍は常にジャングルのなかで孤立し、何の情報もないまま、不意に眼前に立ちふさがる敵と死闘を重ねなければならなかった。

フーコンへの唯一の補給路ミートキーナ鉄道は、ウィンゲートの指揮する空挺旅団によって、サズップよりはるか後方のモール附近で遮断されていた。

第十八師団は、フーコン作戦発動以来、敵に甚大な損害を与えたが、弾薬、食糧、医薬品、補充兵のいずれも前線に届かないまま、半年間の悪戦苦闘のあげく、兵力、武器の六割を消耗していた。

兵隊たちの疲労は極限に達していた。彼らは食糧に窮し、マラリア、チフスに悩まされていた。ひと握りの籾《もみ》を鉄帽に入れ、木の枝で精白して、飯盒《はんごう》の蓋一杯ほどの飯を一日分の食糧とする。

野菜も極度の欠乏をきたし、夜盲症になる兵隊が多かった。英軍はフーコン谷地の各所に住むカチン族に食料品を与え懐柔し、はじめは日本軍の味方であった彼らを寝返らせた。

生活物資のうえに、彼らが眼のないアヘンまでやるので、カチン族は英軍から命じられるままに、自動小銃を手に山中を駆けまわり、日本軍に闇討ちをくわせた。

昭和十九年三月十五日、「ウ号作戦」と呼ばれるインパール作戦は開始されていた。ビルマ方面軍第十五軍の第三十一師団（烈）、第十五師団（祭）、第三十三師団（弓）が、インド領内インパールをめざし、険しいアラカン山系を猛進している。

いっぽう方面軍司令官から第十八師団に命令がとどいていた。

「将来二個聯隊を基幹とする兵力を、第十八師団長の指揮下に入らしめ、フーコン地域において攻勢をとる。その時期は五月下旬とする」

司令官は五月中にインパールを占領できると思っていたのである。

そのあとで、フーコン作戦に力を集中するつもりであろう。第十八師団長田中中将は、カマインで一カ月持ちこたえれば、六月の雨季になって、敵機械化部隊は行動を制約され、攻勢は迅速に衰えるはずである、と見ていた。その頃にはインパールから戻ってくる部隊と協同して戦えるのだ。

四月十九日、二十日の両日カマイン附近に陣地を敷いた第十八師団主力の山崎、長久の二聯隊は、約四十輛の敵戦車部隊と激突した。

平時の四割に激減した日本部隊は、フーコン特有の高熱を発する悪性マラリア、アメーバ赤痢に罹患《りかん》していない者はなく、足もともおぼつかない。

そのうえ、ミートキーナ鉄道の補給線は三月初旬以来、英空挺師団に封鎖されたままである。戦うために必要な弾薬の使用量さえ制限されている。正面は幅二十キロの谷地で、戦車戦を充分おこなえる地形であった。

シャーマン戦車は五十七ミリ砲を連射しつつ、異様なキャタピラの音を響かせつつ殺到してきた。味方の速射砲、山砲、聯隊砲の陣地に向かい、砂塵《さじん》を巻いて迫ってくる戦車は、間断なく砲塔を旋回させ、長い砲身から閃光《せんこう》をひらめかせた。ピシッ、ピシッと戦車砲の水平弾道が頭を擦過し、味方の砲兵陣地に命中、黒煙をあげる。

五列縦隊で速射しつつ迫ってくるシャーマン戦車が、二百メートルの至近距離に迫ったとき、味方の三十七ミリ速射砲がいっせいに砲撃を開始した。

砲塔に射弾が命中すると、戦車は白煙に包まれるが、煙が流れ去ると、戦車は何事もなかったかのように動いていた。

山砲陣地が連射をはじめた。シャーマン戦車の装甲も、山砲の近距離射撃を受けると、黒煙と炎に包まれ、擱坐《かくざ》してしまった。

四十輌の戦車は、一台も残らず山砲弾の餌食となった。だが続いて新手《あらて》の戦車部隊が、砲兵陣地に射撃を集中しつつ急進してくる。

マラリアと栄養失調で、よろめき歩いていた兵たちは、陣地につぎつぎと入りこんでくる戦車を見ると、怒号した。

「めんどうくせえ、やっちまえ」

彼らは戦車地雷、手榴弾を束にして、機銃掃射でなぎ倒されるのもかまわず、うしろから砲塔によじ登り、天蓋《てんがい》を開けて投げこみ、炎上させた。

丸山少尉の自動車中隊も、空陸からの猛攻を受け、車輛と兵員の大半を失い、生き残った者も悪性マラリアと赤痢に冒され、全身に栄養失調の浮腫《むくみ》が出ている状態であった。第十八師団はカマインを最後の抵抗線と定めたが、敵空挺隊がその後方のセトンに迂回《うかい》したので、どうしても補給路をひらけない。

自動車中隊は、第十八師団応援のため、モールから北上する第二師団第四聯隊をセトンに急送した。

だがどうしても敵の堅陣を突破できない。こちらが砲を一発撃てば、千発が撃ち返されてくるうえに、戦闘機、爆撃機の執拗《しつよう》きわまりない銃爆撃がくりかえされるのである。

やむなく工兵隊が幹線道路西側の山地十数キロを伐開し、患者の後送と食糧の人力による搬送経路をつくった。

そこは筑紫峠と名づけられた険路である。師団輜重《しちょう》隊、車輛部隊が栄養失調の体で、三十キロの米を背負い、筑紫峠を越える苦痛は言語に絶した。途中で動けなくなり、吹きすさぶ強風と、天の底が抜けたかと思える滝のような雨中で、泥濘に沈み息絶える兵隊があいついだ。

丸山少尉は、モガウン河がもっとも幹線道路に近づくシュマイン三叉路の警備を命じられた。これまでともに行動してきた二十人の兵とともに、小高い丘のうえに軽機二、擲弾筒一のほか、手榴弾を多めに携行した。

雨の降りしきる丘には雑草が伸びていて、視界がきわめて悪かった。

弾丸さえもない軍隊

丸山少尉は丘上からモガウン河を見渡す。対岸には敵が進出していて、いつ渡河してくるかも知れない。

「これはいかん。ボサが邪魔になって射撃の邪魔になる。しかし切り払ってしまえば敵の目標になるし、困ったものだ」

陣地は丘に茂っている、背丈より高い茅《かや》のなかにこしらえた。敵の偵察機は豪雨のなかでも低空旋回しつつ、飛び去っては戻ってくる。発見されると集中攻撃をうけるだろう。だが敵があらわれてから茅を刈りとる余裕はない。

「前方だけは、よく見えるように切らないと、しょうがねえな」

兵隊たちが日暮れになって茅を刈りとった。だが敵偵察機はたちまち丸山小隊陣地を見つけ、P51戦闘爆撃機の銃撃、爆撃の的になった。

豪雨がいっときやんで、濛々《もうもう》と水蒸気の満ちた空にわずかに青空が見えると、鷹《たか》のように襲ってくる。丸山少尉は部下とともに、陣地から離れたボサのなかの壕へ飛びこみ、攻撃を避けるので被害はないが、水浸しの壕のなかで身をちぢめているので、マラリアの悪寒《おかん》と高熱に悩まされ、体力を消耗した。モガウン河の対岸に迫っているのは、ジャングル戦の特殊訓練をうけた米軍ガラハッド大隊であった。

敵が全力をあげて攻撃してくれば、わずかな兵器を手にする丸山小隊は、たちまち蒸発してしまう。だがガラハッドの連中は、たまに数人の斥候を出してきても軽機の射撃をうけると逃げ足早く消えてしまい、そのあと幾日かは姿も見せなかった。

「あいつらはいったい何を考えてるんだろうな。本気で戦闘するつもりがねえのかなあ」

兵隊たちは首をひねった。

戦えばこちらはひとたまりもなく全滅である。

丸山は夜が明けると雨を防ぐ草屋根の仮小屋で、今日は最期を迎えるのではないかと、敵陣の方角を眺め、背筋を這いのぼってくるマラリアの悪寒に震えつつ、間近い死を予感した。

だが、六月十九日に聯隊本部から伝令がきて、命令を伝えた。

「丸山小隊は現陣地を撤収し、独立自動車第五十九大隊の一個小隊をあわせ指揮し、レド公路西側のソーチンに進出した敵を攻撃せよ」

敵は三百キロほど南方のモールにいる、英軍空挺旅団の一部であるという。

丸山小隊は歩兵二十数人を加え四十名をこえたが、あいかわらず軽機、擲弾筒《てきだんとう》を主要な火器とする軽装備で、英空挺部隊と遭遇して勝てるような戦力をそなえていない。兵隊も補充兵が多く、野戦の経験のある者がすくないので、戦闘がはじまっても、敏速に行動できるかどうか分ったものではなかった。

ソーチンという集落にむかい、森のなかの小道を辿《たど》ってゆくと、前方が明るくなってきて、到着した。

丸山は、これまでの経験によって慎重に行動する。まず森を出るまえに停止し、斥候を出した。

斥候はまもなく黄色の僧衣を着たビルマ人を連れてきた。丸山が訊問《じんもん》すると彼は手を振って答えた。

「ソーチンにイングリ（イギリス人）はいない」

丸山はその男は密偵にちがいないと思った。僧侶が、戦場をうろつくはずはない。

「俺の前を歩け」

拳銃を持ち、男の背に狙いをつけ歩いてゆく。

まもなく木立を出る手前に、三叉路があった。男は不意に左の小道へ駆けこんだ。

丸山は拳銃の引金を引きかけてやめた。敵は目前にいるにちがいない。銃声で気づかれてはならない。

銃を構えて進むと、集落の手前が坂道になっていた。道が左へ曲って浅い谷のようなところへ下ってゆくと、丸山のうしろにつづいていた田山兵長が突然腰溜めで発砲した。

谷のむこうの斜面のくさむらに軽機を据えていた二人の英兵が、あわてて逃げてゆくのが見えた。

古兵の田山が眼ざとく敵を発見しなければ、軽機の掃射で大きな被害をうけるところであった。丸山たちは谷を走って渡り、敵が置きっぱなしにしていった軽機をあらためる。新品で、銃弾も五、六百発はある。筒先の方向を敵のほうへ変え、密林のなかに散開した。

地面に腹ばいになり、様子をうかがううち、四、五十メートル先の灌木《かんぼく》の辺りから、敵が猛然と撃ちかけてきた。丸山の傍《そば》に伏せていた兵隊が、何を思ったのか、軽機、自動小銃の弾丸が頭上をかすめ、ピシッ、ピシッと樹幹に命中しているなか、中腰に立ちあがりかけて、とたんにミシンで縫われるように胸の辺りに数弾をうけ、吹きとばされるようにあおむけに倒れた。

「おい、どこをやられた。しっかりしろ」

声をかけるが、返事はなかった。

味方は敵の遺棄したのもふくめ、五挺の軽機が快調に敵のひそむボサに点射を浴びせる。十五、六分間の猛烈な銃撃の応酬ののち、敵の後方の集落へつづけさまに撃ちこむ擲弾筒の炸裂《さくれつ》音《おん》を、山砲のそれとまちがえたのか、応射の音がやみ、静かになった。

丸山たちは顔を見あわせる。

「後退したようだな」

「うむ、斥候。村の様子を偵察してこい」

数人の斥候が軽機を持ち、樹間に消えたが、あわただしく駆け戻ってきた。

「村には一個中隊ほどの幕舎がありましたが、装具を置いたまま人影は消えています」

丸山は兵たちとともに村内へ入った。

いつでも戦えるよう厳重な警戒態勢で幕舎をあらためてみると、背嚢《はいのう》、蚊帳《かや》、医薬品、空中投下されたまま梱包《こんぽう》も解かれていないレーションと呼ばれる携帯口糧の大箱などが一面に転がっている。新品の軍服、靴、拳銃もあった。

日が暮れかけてきた。

「ここに踏みとどまっていると、かならず逆襲を食うぞ。深追いすれば、あいつらは優秀な火器を持っているから、全滅させられかねない。すぐ引き揚げよう」

ジャングルのなかから、丸山たちの動きを見張っている視線が感じられた。戦死者を担架に乗せ、レーションなどの分捕ったものを担ぎ、もときた方角へ密林のなかを戻っていった。

案の定、谷を渡った辺りで迫撃砲弾が飛んできた。敵は丸山たちの進行方向を探知しているようであった。

皆は散開して伏せた。迫撃砲は十数発撃ちこんできてやんだ。

身を起しかけたとき、すさまじい擦過音とともに一発が飛んできて、三十メートルもあろうと見える大木の梢で破裂した。

「これで終ったか」

周囲の樹木が薙《な》ぎ倒され、破片が飛び、伏せていた数人が負傷した。だが、飛び散った破片はさほどの威力もなく、負傷者はいずれも軽傷で、自力歩行できる状態である。

丸山も破片をうけた。伏せている上で花火が破裂したようなぐあいで、背中や尻に破片が浅くくいこんでいた。同行した軍医は、丸山の傷を見ていった。

「こんなのはたいしたことないよ。すぐ治るさ」

丸山の負傷は背中にある。負傷者は五、六人であった。仮包帯をして中隊本部へ帰ると、カマインという町の道路を見下《みおろ》す高地の竹藪《たけやぶ》のなかにある陣地で待機した。

待機といっても、モガウン河を渡っていつ敵がやってくるかも知れないので、常に戦闘準備をととのえていなければならない。爆撃は昼間に絶えずあるので、そのたびに雨水の溜った壕へ飛びこむ。

消毒剤もろくにないので、傷口が汚水に浸っても放っておいた。連日の雨と暑熱のなかで、傷が化膿してきた。

傷は破片を抜いたとき、簡単に消毒されていたが、中隊本部に帰っても治療する薬がないので、蛆《うじ》が湧いてきた。痒《かゆ》さをともなう痛みに身もだえすると、当番兵が石鹼で手を洗い、指を傷口に入れて膿《うみ》のなかに隠れる蛆を取り出し、ついでに膿を水筒の水で洗い流してガーゼをあててくれる。

ガーゼは敵陣地で奪ってきた携帯蚊帳で、泥土にまみれているか、腐りかけた敵の屍体が下敷きにしていたものを洗濯して、こしらえたものであった。

カマインとは、カチン語で風光明媚《ふうこうめいび》という意味であった。町の三方を河が流れており、対岸には緑濃い山なみがつらなっている。

その辺りには至るところに敵軍が散開し、毎日数百ケースの食糧、弾薬、武器の空中補給をうけている。補充兵がグライダーで運ばれてくるので、戦闘兵力はふえるばかりであった。

彼らはレド公路をはじめ、主要な道路を寸断し、日本軍の補給路を押さえていた。食糧どころか飲料水さえなくなった第十八師団の各部隊は、後退をはじめていた。昆布のように裂けやぶれた軍服をまとい、毛布の切れはしを足首にくくりつけ、髪、髭《ひげ》が伸びほうだいで、蒼白《そうはく》な顔の両眼だけを異様に光らせた彼らは、憤怒《ふんぬ》に燃えていた。

「俺たちは戦闘に負けたんじゃなか。兵糧と弾薬さえあれば勝てた。ジャングルで死んだ戦友らは、薬も包帯もなかったから、生きられる命を捨てた。こんなばかな戦闘があるか」

精強をうたわれた第十八師団は、ほとんど全滅に近い状態になっていた。

丸山少尉の属する独立自動車第二三七中隊は、彼が前年十月に着任したときは、百八十名であった員数が七十名に減っていた。

自動車隊はまだ残存兵が多いほうである。第十八師団は兵員補充を絶えずおこなっていたが、第一線部隊では一個中隊が五人とか十人という実状であった。一個師団といっても実質はきわめて貧弱である。

自動車中隊は銃爆撃をうけ、六十数台あった車輛が二、三台に減っていたので、隊員の大半は丸山と同じように歩兵の役割をうけもっていた。

公路を通行していたときは車で数分の距離にある場所へ行きつくために、工兵隊がジャングルのなかにつくった伐開路《ばつかいろ》を通れば、三日も四日も泥濘《でいねい》のなかでもがきまわらねばならない。

野菜も塩もなく、携帯天幕に溜めた雨水で喉の渇きをかろうじていやす兵隊たちは、豪雨のなかで重い装備に足をとられ、行軍するうちに倒れ、死んでゆく。

路上の泥濘に沈みこんだようになっている行き倒れの若い兵隊は、はじめのうちは肩で呼吸をしているが、しばらくすると、口を大きくひらいては閉じ、懸命に深呼吸を試みるようになる。迫ってくる死に対する最後の抵抗である。

いよいよ弱ってくると、口をひらきっぱなしにして、ときどき下顎《したあご》を動かし、チェーン・ストーク呼吸といわれる断末魔の様相をあらわし、やがてまったく動かなくなる。

前線から後退する部隊は、ぐずぐずしていると数百台のシャーマン戦車とともに押し寄せてくる敵軍に追いつかれ、全滅するので、弱ってきた傷病兵を見捨てなければ共倒れになってしまう。

歩くこともできなくなった兵隊たちは、伐開路の脇で屍体になった。夜間に通行する者が路傍のくさむらに腰を下そうとすると、靴や体に触れることがある。手さぐりでたしかめると、まだ屍臭もしない、息を引きとったばかりの兵隊であった。

重傷者たちは五十人、百人と群って坐りこみ、死を待っていた。米英の飛行機は空から絶えずビラを撒《ま》いた。

拾うと、投降をうながす文字が記されていた。「アイ・サレンダー」と叫びつつ両手を挙げれば、捕虜として取り扱うというのである。

捕虜になって、虐待されないはずはないと兵隊たちは思っていた。負傷して英軍に捕えられた日本兵が、味方の状況を尋ねられ、答えないでいると両手のてのひらに穴を開けられ、木に吊された。

その兵隊がいましめを解き、逃げ帰ってきて、英軍は拷問するという噂がひろまり、敵に投降するよりも戦死をえらぶほうがいいと、兵隊たちは思いこんだ。捕えられた日本兵が、絶叫しつつ、英兵に順番に刺殺されているのを、眼にした者も多かった。

彼らはビラを拾うと、濡れないように上衣のポケットに納めた。用を足すときに塵紙《ちりがみ》がないので草や葉などを使っていたが、ビラは尻を拭くのに草よりもはるかに快適であったためである。

丸山少尉はソーチンからモガウンへ転戦するうち、第十八師団の生き残りの精兵たち、現役から中国、ビルマへと六、七年間野戦をかさねてきた男たちが、弾丸も食糧もなく歩くのもおぼつかないほど痩せ衰えていても、闘志がまったく衰えていないことに驚かされた。

彼らは毎夜、午前二時頃になると肉弾攻撃をおこなった。武器は着剣した銃、あるいは縁を石で磨《と》いだスコップである。スコップは白兵戦になると敵兵の頭を鉄帽ごと二つに打ち割る威力を見せた。

闇のなかで、地底から湧きあがるような突撃の喊声《かんせい》がおこると、敵陣から狂ったような銃砲撃がはじまる。

照明弾が打ちあげられると、猛牛のように突っこんでゆく日本兵の姿と、泣くような大声をあげ、機銃を撃ちまくる英兵の姿が浮きあがる。

喊声はしだいに弱まり、やがて聞えなくなると、銃砲声も収まり静寂が戻る。

丸山はそのような肉弾突撃が、上官の命令によっておこなわれるものだと思っていたが、そうではなかった。

ある夜、前線から後退してきた生き残りの兵七、八人が中隊本部に近い焼け残りの民家に丸山とともにいた。彼らはわずかな飯を食ったあと、相談をはじめた。

彼らの指揮をとっているのは、髭面《ひげづら》の曹長であった。曹長は突然いいだした。

「いまから夜襲をやろう。公路の辺りの敵陣地へ突っこむんだ。毎日何千発も砲弾を撃ちこんでくるばかりで、面《つら》も見せない奴らを見にいこうじゃないか」

「やりましょう。あいつらの泣き声を聞きにいきましょう」

夜襲をすれば生きては帰れないと、彼らは知りつくしているはずであったが、ランプの火光をとりかこんでいる男たちは、まったくためらわず肉弾突撃に同意し、水筒、剣鞘《けんしょう》に草を巻きつけ、手早く物音をたてないで動ける支度をはじめた。

兵隊は銃剣を抜き、そばに転がっている石で磨き、寝刃《ねたば》をあわせたうえで銃身に着剣する。あと数時間で最期を迎えるというのに、彼らは作業現場に出かけるような気軽な態度であった。

丸山はおどろきを隠せなかった。死ぬのを好む者はいないはずであった。夜襲にゆく兵は、上官の命令でやむなく死地におもむくのではなかったのか。

彼らはすべてがおなじ小隊に所属しているわけではなかった。ちがう小隊の生き残りの兵隊が寄り集まって前線から撤退してきたのである。

体力が尽きて、ゲートルの間から蛆が這い出てくる、屍体同様の有様になっても、陣地を離れなかった戦友を見殺しにして、撤退命令に従いモガウンまで戻ってきた。

だが彼らの脳中には、中隊長、小隊長ら上官から部下に至るまで、餓えと弾薬不足に悩み、マラリアの高熱とアメーバ赤痢に体力をしぼりつくされ、熱帯潰瘍《かいよう》のかさぶたに覆われた亡者《もうじゃ》のような姿で、ともに戦い屍《しかばね》を密林にさらした者たちの記憶が残っている。

そのため、かろうじて一命をとりとめ生きて後退したことが、不当利得のように思えてしかたがない。それで死んだ戦友たちのもとへ合流するために、命を捨てにゆきたいのであった。

戦場で重傷を負った兵隊は、即座に生を断念する。餓鬼のように萎《な》え衰えた戦友に、豪雨のなかを担架で後送してもらう望みはなかった。後送するといっても、公路は敵に遮断され、野戦病院などどこにもない。

軍医、衛生兵がいても、治療のための薬品、器材がすでに尽きていた。

雨のジャングルでびしょ濡れになり、死を待っているよりは、一気にあの世へいってしまえと考える兵隊は多かった。

彼らは手榴弾を爆発させ、自決した。死ぬまえに、「天皇陛下万歳」を一度唱えて死ぬ者、三度まで唱える者もいた。万歳のかわりに肉親の名を呼んで死ぬ兵隊も、めずらしくなかった。

丸山少尉の前で、これから夜襲を決行しようとしている兵たちは、冥途《めいど》の友に会いにゆくつもりであった。

彼らはこの先、ひと月も生きていられるはずはないと、前途を見限っているのである。大勢の戦友が眼前で死んだ。彼らの体は腐って、植物のこやしになったが、死んで魂までなくなってしまうとは、誰もいわない。戦場では、死者が生者に発する信号を、しばしば感知できる機会がある。

魂がゆく世界がなければ、死んでいった大勢の若者たちは、懐中電灯がこわれると光を発しないように、心も消滅させてしまうのか。それでも、いまよりはいいという兵隊もいた。無感覚でいるのも悪くはないと考える。そうなれば体をあぶられるような飢餓、恐怖感、さまざまの病気、怪我に苦しめられることがなくなる。

無感覚でいると、時間がなくなる。自分をただでこきつかい、鼠とりのなかの鼠のように扱う、国家という巨大な組織にからめとられ、苦患にさいなまれることがなくなるのだ。

なによりも、死を通りぬけた向う側は、生きている者がまったく知らない場所だ。何だかんだいっても、未知の場所へゆくのはおもしろいことじゃないか。

兵隊たちは、身内に最後に残っている好奇心に押され、未知の世界へむかうのである。つまらない現世には飽きはてていた。

丸山のアメーバ赤痢とマラリアは、しだいに悪化していった。背中の負傷によって体力が衰えてくると、病状も深刻になってくる。連日の大雨のなかで、天幕に身を包み濡れるのを避けているが、体がいつも冷えきっているので、一晩に二、三十回も下痢をして、寝る間がないほどである。

当番兵が地面に穴を掘ってくれるので、二、三度寝返りをするだけで排便できるが、衰弱がひどい。マラリアの発熱も、体温計がないのでどれほどの高熱であるのか分らなかったが、頭が割れるほど痛む。いつ脳症が出てもおかしくない状態であった。

そんな病状でも小隊を指揮して討伐に出なければならなかった。熱帯潰瘍は全身にできている。兵たちのなかには、直径五センチほどの穴が手足にできて、ガーゼがないので、飯盒《はんごう》で煮た下着の切れはしを詰めこんでいる者がいる。

フーコン谷地には人体をむしばむ虫がいて、潰瘍をつくるといわれた。丸山はそれほど大きな潰瘍はできなかったが、粟粒ほどの発疹《はっしん》が全身にできて膿をもち、内股の発疹はつぶれ、歩くとき痛みと痒みで悩まされた。

討伐に出ていて休息するとき、地面に手をつくのも、できるだけ静かにしなければならなかった。体じゅうがひびわれるように痛むためである。

立ちあがるときも苦痛を堪えしのばねばならない。肌に下着が貼りついて、はがそうとすると剃刀《かみそり》で切られるような疼《うず》きが走った。

丸山は手鏡を失ってしまったので自分の顔を見たことがなかったが、部下の顔はいま死んだばかりの兵隊のように、蒼《あお》ざめているとも黄ばんでいるとも、紫がかっているともいえる、この世のものではない独得のすすけた顔色であった。

髪は伸びきってもつれた長髪で、顔のなかばが髭に埋もれている。兵隊が雨のなかで坐り、眼をとじていると、死んで数時間しかたっていない屍体のように見えた。

中隊の軍医は六月なかばを過ぎた頃、丸山にすすめた。

「このぐあいでは消毒薬もない有様ですから、衰弱死しかねませんよ。入院したほうがいいです」

丸山はショックをうけた。

傷病兵は部隊にいるあいだは戦友たちに扶《たす》けられて生きているが、動けなくなれば部隊の足手まといになるので、そのまえに歩けるうちに独歩患者として患者収容所へ入れられる。

そこにいる衛生兵は、薬などまったく持っていなかった。兵隊たちはいっていた。

「患者収容所に入院なんていってるが、早く死なせるための生き地獄だな。衛生兵はわずかなお粥《かゆ》を食わせておいて、いつ死ぬか見守っているだけだよ。大きな穴を掘っておいて、死んだら足を持ってひきずっていって、放りこむんだ」

丸山は軍医のすすめに応じようとしなかった。

「あんたは俺を厄介《やっかい》払いにして、患者収容所へいかせるつもりですか。そうしたければやってみなさい。こっちにも覚悟がありますからね」

丸山は収容所へゆくまえに、拳銃で軍医を射殺して自分も死ぬつもりになった。

二人の応酬を聞いていた中隊長が仲裁をした。

「丸山君のいい分もよく分るが、君はわが中隊では大切な人だ。小隊長として今後はたらいてもらわねばならない。患者収容所へいけというのではない。ミートキーナ鉄道で、マンダレーの病院に入院し、さらに加療の必要があれば、ラングーン兵站《へいたん》病院へ転院して病気を治し、一日も早く原隊に復帰してほしいのだ。

実はウ号作戦（インパール攻撃）はまもなく終る。第十五軍に撤退命令が出るのは、七月なかばになるだろう。わが中隊はまもなく雲南作戦に参加することになる。君には新戦場でおおいにはたらいてもらいたいので、後退入院をさせるのだ」

丸山は入院を承知しないわけにはゆかなかった。

モガウンからマンダレーまでは六百数十キロ、そこからラングーンまでさらに六百数十キロ、総行程は千三百キロ以上にのぼる長距離の列車の旅である、マンダレーからラングーンの列車の運行は、わりあい順調であるというが、マンダレーまでは鉄橋がすべて爆撃によって落され、列車は至るところで折り返し運転をしているという。いつ敵襲をうけるかも知れない、危険な地域は徒歩で通り抜けるよりしかたがない。

六月二十三日、丸山少尉は数人の兵隊とともに、入院のため後送されることとなった。高熱と下痢に体力を消耗しきっている丸山は、自分がたぶんマンダレーにはゆきつけないであろうと覚悟をきめていた。

前途の不安、死の恐怖はあまり感じなかった。全身から湯気のたつような高熱、便器を持ち歩かねば三十分も保《も》たない下痢にくたびれはてているので、周囲の情景が夢のなかでのことのように現実感がなかった。

モガウン駅は爆撃によって駅舎、倉庫はなくなっていた。駅前通りの商店街も焼跡となり、製糖工場の大煙突もあとかたもなくなっている。

軽便鉄道のような列車はモガウン駅から五、六十キロほど進むと、徐行しつつ後戻りしてゆく。サーモ駅に近い辺りで停車した。

「五キロほど戻ったか」

下車してみると、線路の脇は生い茂った茅原で、大きな梱包が一面に小山のように積まれていて、荷物の上には木の板をさして爆撃を避ける偽装をしていた。

闇のなかで雨にはじける松明《たいまつ》が無数に動いていた。兵が喚《わめ》きあい、ビルマ人の人夫が「ヘイ、ノア」といらだった声をあげ、泥濘に入りこんだ車を引く牛に狂ったように鞭《むち》をふるう。

丸山少尉たちは近所の林に入って列車が動きだすのを待っている。わずかな食糧をもらい、雨中で兵隊に炊事をしてもらい、口に押しこむ。

何を食っていたのか、どこに幾日いたのか、丸山はまったく記憶に残らない日をかさねた。

死の一歩手前といってもいい状態になっていたのであろう。

敵が接近してきているというので、列車は幾日も動かなかった。丸山は同行の兵隊がつくった草葺《くさぶき》小屋に入れてもらい、高熱に震えつつ、膿に汚れた体を悪臭を放つ毛布に包まれ、ときどき揺りおこされて飯を食い、朦朧《もうろう》とした夢の世界へ入ってゆく。

銃爆撃がときどき襲ってきた。茅原のなかの物資集積所はまだ敵に発見されていない様子で、B24爆撃機の本格的な空襲はまぬかれているので、丸山たちはかぼそい一筋の糸のうえを伝い歩いているように、危うい命を保っていた。

ある夜、辺りをはばかるように誰かが伝えてきた。

「列車が出るぞ。すぐにいけ。乗り遅れるぞ」

闇のなかで、丸山たちはまとめていた装具を背負い、松明の火光がたくさん揺れている列車のほうへ走った。

発車を待っていた将兵の人数はおびただしい。熱にうかされ意識がうすれては戻ることをくりかえしていた丸山たちは、どこから力が出てくるのか別人のようなすばやい動きで、茅原のなかを幾度も泥濘に足をとられては転び、また立ちあがって走った。

列車のまわりにはぼろをまとった傷病兵の群れが波うつように押しあっていた。前の者を押しのけ、引き戻してわれがちに車内へ這いこもうとする。無蓋《むがい》貨車であるので、乗車口はなく、どこからでも這いこめる。

さすがに殴りあい、発砲する兵はいなかったが、何としても乗りこまねばつぎの列車がいつくるか分らないので、どうしても殺気立ってくる。

線路際の天幕の下で、担架に寝かされたままの重傷者たちは、看護兵がいなくなったのか、置き去りにされかけて、必死に叫んでいた。

「おーい、俺たちも連れていってくれ。こらっ、見殺しにする気かっ。衛生兵はどこへいったのか」

丸山は誰かに突きとばされ、泥濘のなかに転倒し、なまぬるい泥が襟《えり》もとから流れこみ、兵隊に扶けおこされた。彼は同行の兵たちに告げた。

「俺はとても無理だ。ここで別れよう。元気な者からいけ。俺はつぎの列車を待つよ」

胸のうちで、たぶんひとりきりで死を迎えるだろうと予測がついた。

だが若い現役兵が猛然と丸山を引き立てた。

「小隊長殿、こんなところにいては野垂れ死にであります。自分の背嚢をつかんで下さい。さあ、いきましょう」

彼は牛のように前をふさぐ人影を押しのけ、小銃の銃身でこじあけ、死にもの狂いに列車に近づき、丸山を押しあげ、自分も乗りこんだ。

列車は三十キロほど走ると、停止した。

「この先の橋が落ちているんだ。ここから十四、五キロ歩けば、列車の運転区間になるらしい」

「なんだ、乗ったと思ったらたちまち歩きか。もうじき夜が明けてくるじゃねえか」

兵隊たちは落胆しながら松明を頼りに歩きはじめた。

「こうなりゃゆける所までゆくしかねえ」

五、六百人もいる傷病兵は、集団を組んでいた。食糧はまったく支給されず衛生兵も見あたらなかったが、五、六人の小人数ではとても徒歩行軍は続けられない。

ガラハッドに襲われないでも、現地人に斬り殺されかねない。現地人はダーと呼ぶ脇差《わきざし》のような鋭利な刃物を、常にたずさえており、体力の衰えた兵隊が村落を見つけて物資を得るため入ってゆくと、数十人で取り巻かれ斬殺《ざんさつ》される事件がしばしば起っていた。

小銃を発射しても、彼らは銃弾のおそろしさを知らず、われがちに斬りつけてくるので、軽機を発射しないかぎりは追い払えなかった。

丸山たちがマンダレーに到着したのは、二カ月後であった。ところどころに軽列車が運転していて乗ることができたが、結局全行程の半ばは徒歩行軍であった。丸山は途中で何を食って生きのびてきたのか、まったく記憶していなかった。高熱にうなされながら、同行の兵隊にはげまされつつ、無我夢中で歩きつづけた。

モガウンから百五、六十キロ南下したインドウという駅に着いたのは、七月のはじめで豪雨が降りしきっていた。丸山は衰弱しきっていて、インドウにあった野戦病院で数日を過ごしたが、そのときの光景だけが、闇黒《あんこく》のなかで燐光《りんこう》を放っているように、あざやかに記憶に焼きついていた。

ここは地獄だ。俺はこの地獄で死ぬのだと、丸山は観念していた。野戦病院というが、建物といえるようなものではない。柱のうえにトタン屋根が載っているだけで、壁も土間もなかった。

屋根は敵機の銃撃で穴だらけで、はがれたところは草をかぶせているだけであった。雨がしぶきをたてて降っているので、患者たちのうえに内も外も変らないほどホースで水を撒くように降りそそぐ。

濡れねずみになって寝転がっているのは、すべてアメーバ赤痢の下痢患者で、動けないまま血便を垂れ流すため、足の踏み場もなかった。

丸山は横にもなれないし、坐ることもできない。病兵たちは血便にまみれた下着、ズボンを取り替えてくれる者もいないので、それらを全部ぬぎ捨てて、下半身は裸になっていた。

——部隊から見離されて、患者収容所に入るのは死の宣告を受けることだと、兵隊らはいっていたが、ほんとうだった——

丸山は、これが地獄だと思った。

衛生兵たちは地獄の獄卒である。彼らは毎日、鮪《まぐろ》を転がしたような兵隊のうちから息をひきとった者を見つけだすと、引きずっていって大穴のなかへ投げこむ。水の溜った穴は嘔《は》きけをもよおす濃厚な悪臭を放っていたが、衛生兵たちは平然と作業をした。

そのあとはどこで手に入れるのか煙草を喫《す》いながら、貧乏ゆすりをしつつ、上眼《うわめ》づかいに患者たちの様子を眺めていた。

丸山は附近の糧秣《りょうまつ》中継所へ食糧の支給をうけにいった同行の兵たちが戻ってこなければ、その野戦病院で死ぬところであった。

だが彼は見捨てられていなかった。

そこを立ち去るとき、おなじ部隊の上等兵が患者のなかにいるのが眼についた。骨と皮だけになった下痢患者で、立つこともできない。丸山たちには、彼を担架で運ぶ体力はなかった。「がんばれよ」と声をかけて別れるしかなかった。自分もいつ野垂れ死にするか分らない有様では、やむをえない。

マンダレーに到着したときは、八月も末に近づいていた。

マンダレー市内には、大規模な患者収容所があった。鉄筋コンクリートの建築で、数千人の傷病兵が収容されている。丸山は伝染病棟の将校舎に入れてもらい、はじめてベッドに寝ることができた。

看護婦が汚れた衣類をとりかえてくれ、湯でしぼったタオルで体を拭いてくれる。丸山は生きかえった気分になった。ビルマ人看護婦もいる。連日列車で前線から送りこまれる傷病兵で混雑し、廊下にまで寝かされている有様であったが、丸山は丁寧な治療をうけた。

毎日ブドウ糖の静脈注射をうけ、肛門からゴム管を入れて洗腸をうける。食事も三食与えられる。肉、野菜がそえられ、丸山は数日のうちに急速に体力を回復していった。

マンダレーで一週間ほどを過ごしたのち、ラングーンへ列車で向った。ラングーン、ビクトリア湖畔の兵站病院に着いたとき、背中の傷はほとんど癒えていた。赤痢とマラリアの治療をうけ、早急に原隊に復帰しなければならない。体調が回復してくると、気力が湧いてくる。

兵站病院の同室に、前橋予備士官学校で同期であった、岡部二郎、多田源治という二人の少尉がいた。岡部は烈兵団（第三十一師団）、多田は祭兵団（第十五師団）に属し、インパール作戦に参加し負傷したという。

丸山は前年の十二月初旬、赴任の途次にカンボジアのプノンペンで彼らに会った。丸山はこの二人とメコン河沿いのレストランで、ロブスターを食べながらビールを酔っぱらうまで飲んだことがあった。

そのときやはり前橋で同期だった田中義朗少尉がいた。彼は慶應大学剣道部の主将であったという、色白の美青年であった。丸山は岡部に聞いた。

「田中君は君とおなじ烈に配属されたんだろう。プノンペンで会食したときはたいそう元気だったが、無事で前線から帰ったのか」

岡部は首をふった。

「いや、コヒマで戦死したよ。残念なことをした。戦車の重機に左胸を撃ち抜かれ、五月五日の昼頃、出血多量で戦死したんだ」

「そうか、田中にはもう会えないのか」

丸山は暗い眼差《まなざ》しになった。岡部は語った。

「田中は歩兵第五十八聯隊の第九中隊長が戦死したので、後任の中隊長となったんだが、一週間ほどたって、戦車攻撃をうけたんだ」

中隊とは名ばかりで、総員十七、八名で、武器は小銃のほかに軽機とアンパン地雷数個があるだけであった。

戦車の攻撃をくいとめるには、アンパン地雷を使う肉迫攻撃しかない。そのほかに抵抗の手段もないので、田中は肉攻班を二班編成した。兵たちは道路の側方に伏せて待つ。

やがて轟々《ごうごう》とキャタピラの音が近づき、地面が揺れる。

五輛の中戦車があらわれてきた。砂埃《すなぼこり》のなかに敵歩兵の姿も見えた。田中少尉は攻撃開始を命じた。岡部がつぶやくようにいう。

「彼は肉攻班を出すことをためらっていたんだよ。どうせ爆破は無理だと分っていたからだ。もちろん、肉攻が成功した例もある。だが、これまでの例では戦車一台を擱坐《かくざ》させるために、兵五十人を失わなければならん。しかし、命令を出さないわけにはいかない。

二十人たらずの中隊で、まばらな射撃をしても戦車が陣地に侵入して、散兵壕を押し潰《つぶ》すのは、手間のかかる仕事ではない。彼らはまったく損害を出すことなく、中隊全員を押し潰してしまう。

だが肉攻班が地雷を持って戦車に体当りすれば、敵をくいとめることができた。英軍の兵士たちは死を怖《おそ》れることはなはだしく、車体にまったく損害をうけていなくても、侵入をやめるのだ」

五台の戦車は砲塔をゆっくりと旋回させ、すさまじい銃砲撃を浴びせてきた。

戦車は肉攻班の伏せている辺りまで接近してきた。そのとき敵の戦闘機があらわれ、頭上を旋回しはじめた。肉攻班を発見すれば機銃掃射を浴びせるにちがいない。

だが先頭の戦車がなぜか停止した。ハンマーで車体を叩く音が、銃砲声のなかではっきりと聞えた。故障したのである。第一肉攻班の兵隊たちが戦車の下へ飛びこもうと身構えた。

後続の戦車が故障車掩護のため搭載機銃の猛射で地面に土煙をたてた。

「そのとき第一肉攻班の兵隊が『やられた』と大声で叫んだのだ。撃たれたのは腰の水筒で、水が吹き出ているだけだったが、陣地にいた田中がその声を聞いて、『やられたのは誰だ』と叫びながら、前へ走ったんだが、すぐに前のめりに倒れた。左胸部盲貫銃創だった。彼は翌朝、出血多量で息をひきとったよ」

インパール作戦では、第一線から生きて帰った将兵は、ほとんどいなかったという。戦闘で命を落した者は、後退の途中に力つきて倒れた者よりも、考えようではしあわせであったといえる。

戦友たちに埋葬してもらい、遺骨として指の骨ぐらいは焼いてもらい、戦死の状況を報告する手紙とともに、故郷へ送ってもらえるが、撤退の途中で死んだ者は行き倒れで、いつどこで死んだか、まったく分らない。

食うものはなく、極度の栄養失調で小銃や銃剣、背嚢などの装具はもとより、衣服、ゲートル、靴をすべて失い、褌《ふんどし》ひとつでよろめき前線から戻る兵隊の足は雨にふやけ、白足袋《しろたび》をはいたようにまっしろであった。

彼らのうちで険しい山坂を越え、イラワジ河畔まで撤退してきた者は、よほど頑健であったにちがいない。最前線のコヒマからイラワジ河畔までは地図で見ても直線距離にして三百キロに近い。実際は曲りくねった無数の峠を越え、迂回路を延々と辿らねばならないことも多く、何倍もの距離を泥濘に足をとられつつ歩かねばならない。そのためせっかく河畔に達したが、力尽きてその辺りで死んでいった将兵は無数といっていい。

後方にいた兵隊は、前線に届かない補給物資にありつき、脂ぎっている。彼らが紙細工のように痩せほそった前線からの後退者の遺骸を、むぞうさに大きな墓穴へ投げこんでいる光景は異様であった。

丸山の中隊はトラック輸送隊であるので、歩兵部隊よりいくらか生存者が多かったが、百八十人のうち百十人が死んでしまった。そのうち、死に場所の分らない者がほとんどであった。

丸山少尉は雨季がまもなく終る十月初旬、病気全快まではゆかなかったが、ほぼ体力をとり戻し、退院して、マンダレー郊外のアマラプラで再編成をおこなっている原隊に復帰した。

北ビルマ最大の要衝ミートキーナが五月中旬から米英連合軍、中国軍一万三千の猛攻をうけ、八月初旬に陥落した。ミートキーナは第十八師団歩兵第百十四聯隊の一部が七百名足らずの兵力で守備していた。

ほかに師団通信隊、工兵隊、鉄道司令部、飛行場地上勤務、兵站部の将兵が七百三十名。野戦病院に入院している傷病者三百二十名がいた。

火力において数十倍の敵のすさまじい攻撃のなか、二カ月半を持ちこたえた日本軍は八月二日、三日にわたり撤退した。

いっぽうレド公路を扼《やく》する中国領拉孟《ラモウ》の守備隊が六月二日から猛攻をうけた。攻撃するのは中国栄誉（近衛）第一師団を主力とする五個師団四万八千名。火力は重砲、速射砲、山砲、迫撃砲あわせて四百十三門。

日本守備隊は第五十六師団、歩兵第百十三聯隊の一部を主力とする千二百八十名。火力は重砲、山砲、速射砲、高角砲あわせて十六門であった。

この兵力差で守備隊は百二十日間激闘をくりかえし、九月七日に玉砕全滅した。

さらにレド公路再開のために障害となる、拉孟北西の要衝騰越《とうえつ》が襲われた。騰越は明代の城郭都市で人口四万。

守備隊は第五十六師団歩兵第百四十八聯隊の一部を主力とする二千二十五名、速射砲一門、迫撃砲四門という貧弱な火力であった。敵は五個師団四万九千名である。

敵の攻撃は六月二十七日からはじまった。B25爆撃機がグラマン、ロッキードなどの戦闘機を従え、六十数機の大編隊で波状攻撃をしかけてきた。雨のなか、敵兵は倒壊した城壁を乗りこえ、侵入してくる。

食糧、弾薬が底をついた日本軍の将兵は、夜になると城外に出て敵の屍体から小銃弾、手榴弾を奪ってきて戦う。

騰越守備隊が全滅したのは九月十三日であった。

第十八師団はビルマと中国の国境地帯でおこなう断作戦に参加することになった。レド公路を雲南で遮断する、必死の戦いである。

独立自動車第二三七中隊は、あらたに十数台の車輛を受領した。新作戦をおこなう地帯は、湿度のすくない高原地帯で、農村の収穫も豊富で、食糧の現地補給は容易である。

自動車道は至るところに通じており、フーコンの密林地帯とちがい、交通はきわめて便利であるが、乾季になると制空権を敵に握られている自動車隊は、昼間は爆音を聞くと木立のかげに隠れていなければならなかった。順調に通行できるのは夜間だけである。

夜があけると偵察機があらわれ、地上に一人でも兵隊を発見すると、執拗に附近を探索する。偽装した車輛、歩兵部隊の炊煙などを発見されると、たちまち猛烈な砲撃に見舞われた。平坦な開闢地《かいびゃくち》では、常に空に対する警戒を怠れなかった。

戦況が悪化してくると、車輛部隊をゲリラが攻撃してきた。住民のなかに英語の達者なスパイがいて、英軍に買収され、機関銃、手榴弾などを与えられて、夜にヘッドライトを見かけると、あなどれないいきおいで射撃してきた。

ゲリラは道路が坂へさしかかると、頂上の辺りで待っていた。坂を越えるとき、自動車はどうしてもスピードが落ちるので、そこを狙ってくる。

先頭車の運転台の屋根に軽機を置き、分隊長が前方をたしかめ、射手はいつでも撃てるように引金に指をかけている。

その姿が後続車のライトに照らされ、闇に浮きあがると、瞬間に集中射撃をうけ、死傷することになる。またライトを狙って撃つ。その角度で撃てば、射弾が臑《すね》に当った。

丸山少尉は下士官たちに怖い話を聞かされた。

「臑を撃たれますと、複雑骨折になりますから、そのままにしておくと雑菌が入りこんで、敗血症になってしまいます。だから足のつけねから切ってしまいます。

先月、爆撃で戦死しましたが、手術自慢の軍医がいましてね。一等兵が足首のすこし上のところを機関銃で撃たれ、貫通したんです。ちょっと見たところではたいした負傷ではなさそうでしたが、軍医は切断しなければだめだ。ガス壊疽《えそ》になって死んでしまうというのです。まだ少年のような顔つきの一等兵だったんですが」

一等兵は死んでもいいから足を切らないでほしいと懇願した。だが軍医は切らなければ死ぬといい、手術を強行しようとして彼を手術台に縛りつけさせた。

麻酔薬がないまま、片足を切り落すのである。ショック死しかねない荒業《あらわざ》であった。

「やめて下さい。私は死んでもかまいません。このままにしておいて下さい」

一等兵は声をからして軍医にいうが、軍医は石油缶に手術器具を入れ、湯を沸きあがらせ消毒する。

「しばらくしてドッシーンと床に片足が落ちましたよ。足のつけねから切り落したんです。くの字に曲った足は、すごく大きく見えて、いまにも動きだしそうでしたね」

下士官の話を心臓が縮みあがるような思いで聞いた。

一等兵は結局、片足を股のつけ根から切り落されたが、手術のあとすぐに死んでしまったという。

「結局、その一等兵は翌朝死にましたよ。痛い思いをしたのが、何にもならなかったですね」

丸山の自動車中隊は、バーモ附近から南下してくる敵軍と、ナンカン南方のシュエリー河附近で戦う友軍部隊に、弾薬を輸送する任務を与えられた。

弾薬を下すと、負傷者を満載して帰ってくる。途中の道路には、ゲリラが地雷を埋めているので、厳重な警戒をしつつ走るのだが、損害はしだいにふえてきた。

ある日、前線へむかった一輛が、モゴックという村落の附近で地雷を踏み、谷へ転落した。

中隊長は丸山を呼び、転落車輛を解体し、回収するよう命じた。

修理班で完全な車輛に組み立てようというのである。前線への輸送に全車輛が昼夜を分たず動いている状態なので、一輛でも失いたくない。

「無理にやって、収容しにいったトラックも帰れなくなったら、何をしてるか分らねえことになるぞ。どうもいやな予感がするがなあ」

丸山少尉は命令に従わざるをえない。二台の車輛を指揮し、現場へ急行した。操縦手はベテランの谷合伍長である。

荷台が二つ折れになり、車体が捻《ねじ》れている車輛のまわりには、まだ硝煙のにおいがたちこめていた。運転兵ほか二名が負傷していたが、いずれも軽傷であった。

「夜明けまでに、遮蔽《しゃへい》できるジャングルに突っこまなくては、敵機の目標になってしまうから、急いで解体しなきゃならん」

解体を終え、二台に分けて部品の搭載を終えたときは、空が白みかけていた。闇のなかから樹影が浮きあがってくる。

「急ごう、敵機の掃射をくらったら、すべておしまいだ」

車はなだらかな坂道を下りはじめた。彼の車の荷台には、長いフレームが積まれており、荷重がうしろにかかりすぎて前輪が浮き気味であった。

「帰り道は下り坂だから、ハンドルをとられるおそれがあるぞ」

丸山がいった。いかにも不安定な積荷で、二台の車輌がかろうじて行きちがえるほどの道は、雨季にこねまわされたタイヤの痕《あと》が凹凸をつくり、しかも坂を下るのでスピードがつくと、車体が横転しかねない。

しかも道の片側は深い谷間である。

「まあなんとかいくか」

曲りくねった坂道を下ってゆくと、前輪がはっきりと浮き、心臓が縮みあがる。

必死で下るうち、後輪が穴にはまって大きくバウンドし、ついに路肩を踏みはずしてしまった。もうだめだと頭がまっしろになる。トラックは凄いいきおいで三転、四転してゆく。しばらく失神していた丸山は、谷川の水に体がなかば漬《つ》かっていたので、水の冷たさで気がついた。

運転席は潰れていて。身動きもできなかったが、懸命にもがいているうちに這いだすことができた。見あげると積荷のフレームが頭上のチークの大木にひっかかり、風に動いて落下してくる危険があった。

操縦手の谷合や荷台に乗っていた兵隊たちは、解体部品とともに投げ出されたのか、谷底は森閑《しんかん》として人の気配がない。上の道路までは百メートル以上ありそうで、叫び声をあげ助けを求めようとするが、胸がしめつけられるように痛み、声が出なかった。

しゃがんでいるうち、ロープを伝い下りてきた兵たちに助け出されたが、それまでに一時間ちかくかかった。死者が出なかったのは、僥倖《ぎようこう》としか思えない大事故で、一輛を再生するための行動が、二輛を失う結果となってしまった。

翌日、ラシオの兵站病院で診察をうけると、肋骨《ろっこつ》二本骨折、全身打撲と診断され、手当てをうけた。

緊迫した戦況のなか、この程度の負傷では患者と見られず即日退院。胸にバンドを巻き、咳《せき》もできない丸山少尉は、ラシオ線のチャウメ駅の近所に開設している、第三十三軍連絡所勤務を命ぜられた。

チャウメ駅前通りの商店はすべて焼失し、住民もほとんど姿を見せなかった。夜が明けると敵戦闘機、爆撃機が、焼け残った家屋に猛烈な銃爆撃を浴びせてくる。

日が暮れると、各部隊の参謀、連絡将校があいついであらわれ、連絡所内は彼らの大声が絶える間もなく、さまざまの用務を押しつけてくるので、眠る時間もなかった。丸山少尉はふたたび体調を崩したが、マラリア、アメーバ赤痢は再発しなかったので、重態にはならなかった。

後方から追給してくる補充兵は、二百名、三百名とまとまって到着するが、小柄で痩せた体格の現役兵と、孫がいるのではないかと思うほどふけこんだ老兵たちであった。持っている小銃、機関銃、擲弾筒は、いずれも古びていた。

彼らは狭苦しい輸送船に詰めこまれ、潜水艦の攻撃を逃れるために見知らぬ国の港に寄港しつつ、運よく仏印かマレーのどこかへ上陸し、泰緬国境を強行軍で越え、はるばると戦場へ到着するとたちまち戦闘部隊に配属させられた。明日にも敵の頑強な円筒陣地へ銃剣突撃をおこなわねばならない。

実戦に出て、わずか二、三日で死ぬ者も多いのだ。敵の陣地には昼間は輸送機が物資を投下した。

火中の栗

昭和十九年三月八日、第三十三師団歩兵第二百十四聯隊は、北部インド、マニプール市の州都インパールを南方から攻撃するため、チン高地北部のヤザギョーから四十キロ西方のトンザンに向っていた。

聯隊長作間大佐は、第一大隊を西北に、第九中隊を西南に迂回させ、第二大隊をトンザンに直進させた。

インパールは、英、米が蔣政権を日本軍の猛攻に堪えさせるための物資の供給拠点である。重慶へ送る物資の倉庫、飛行場、それらに附属する兵舎、病院、兵器の組立工場もあった。トンザンからはインド国境まで約五十キロである。国境を越えれば、インパールは約百キロ北東にある。

険しいアラカン山系のなかを縫うように進まねばならないので、実際の距離は二百キロ以上あるだろうが、第三十三師団の属する第十五軍司令部では、約一カ月でインパール進攻が達成できると見ていた。

第二百十四聯隊は、途中で幾度か英印軍の小部隊と遭遇、撃破しつつ前進した。第二大隊は十二日朝、ゆるやかな斜面を下り、標高七九五三メートルのピーコック高地に布陣していた約三百の敵を攻撃した。

第二大隊に同行する山砲第一大隊の一門が、敵前九十メートルの至近距離からの正確をきわめる銃眼射撃で、トーチカを沈黙させると、歩兵が喊声《かんせい》をあげて突撃する。

敵飛行機の銃爆撃は激しいが、凹凸の多い地形を利用して、英印軍と入り乱れて白兵戦をおこなうので、味方の被害はすくない。

山砲の銃眼射撃は一発も狙いをはずさず、第二大隊はその日の夕方までに、附近の敵に潰滅的な打撃を与えた。

退却しようとした敵は、第一大隊と第九中隊に包囲撃滅されたのである。

山砲第一大隊長三澤錬一大尉は、攻撃成功に意気あがる歩兵部隊の様子を見て、「これはいかん」と胸中でつぶやいた。

緒戦で三百の敵を撃滅した彼らは、英印軍の腑甲斐《ふがい》なさをあざけり、今後の戦闘方針を安易にたてるおそれがあると、三澤は感じた。第二大隊の将兵は、おおかたが中国大陸で戦闘をかさねてきた、老練な者が多い。

それがかえって危ない。敵が中国軍とはまったく違う、近代装備をととのえ、巧妙な戦術をそなえている軍隊だと気づいたときは、すでに手遅れで、敵の仕掛けた罠《わな》のなかに落ちこんでいるのである。

第二大隊は、逃走する敵を追い、ピーコック高地西方十数キロのトンザンに到着、その北部丘陵を占領している英印軍陣地に、さっそく夜間攻撃を開始した。

山砲第一大隊は、トンザン集落の東側高地に陣を敷いた。そこからは敵陣を眼下に一望できる。だが敵塁の銃眼を完全に破壊するほどの効力ある射撃ができなかった。

砲弾はあるが、節約をしなければならない。トンザンから北方六十キロのチッカ附近で、はじめて師団から補給をうけることになっているので、歩兵の突撃を容易におこなわせられるほどの、充分な射撃ができなかった。

第二大隊は初回の夜襲に失敗したあと、二十一、二の両日、連続夜襲を決行したが、山砲による敵銃眼の破壊が充分でなかったので、毎回失敗した。

三澤山砲第一大隊長は、徹底的に敵銃眼を破壊できるほどの弾量を投入したかったが、チッカへ到着するまでの戦闘にさしつかえる。

第三十三師団は、第十五軍（軍司令官牟田口廉也中将）が発令したインパール攻撃作戦に、第十五師団、第三十一師団とともに参加していた。

前途は、二千メートルから二千七百メートルに達するアラカン山系が南北に縦走しているので、これらの起伏を横断しなければならない。このため実際の踏破距離は、地図による直線距離の二倍に達する。

日本の地形にたとえてみれば、第三十三師団は小田原附近から前進し、三十キログラムから六十キログラムの完全武装の重装備で日本アルプスを越え、高地で敵と戦闘を交えつつ、岐阜に辿《たど》りつく経路になる。インパールまでの実際の距離は三百十キロと推定された。

三個師団の作戦参加将兵推定約十万の兵站《へいたん》を支える基地インドウ、ウントウ、イェウは、宇都宮、出撃将兵を指揮する第十五軍司令部メイミョウは仙台に相当する遠隔地にあった。

第三十三師団の山砲兵第三十三聯隊は、各中隊四門、合計三十六門の山砲を備えていたが、前線に携行したのはわずか九門であった。

多数の砲を残置した理由は、挽馬《ばんば》の不足であった。山砲兵聯隊は、師団から八十頭の象を運搬用に与えられていたが、携行弾薬は一門につき百発である。

師団各部隊の火砲は、大半が携行困難のため残置された。険阻《けんそ》な山間の行軍をおこなうには、兵隊の個人装備重量をできるだけ軽減しなければならない。

山間の重量物運搬の主力は駄馬、駄牛であるが、携行物資はどうしても倹約することになる。兵隊一名の個人装備を、できるだけ軽減するよう工夫しても、つぎのようになる。

背嚢《はいのう》、毛布、外被《がいひ》（外套）、天幕、鉄帽、冬襦袢《じゅばん》（着用）夏衣袴《いこ》（着用）、着換えの冬襦袢、同袴下《こした》、糧食七日分、手榴弾五発、円匙《えんぴ》又は十字鍬、小銃、小銃弾百二十発。

右の重量三十七キログラム。

小銃は敵の押収弾薬を活用するため、押収自動小銃をできるだけ多く携行し、威力のすくない擲弾筒《てきだんとう》のかわりに、敵の押収迫撃砲を用いることにした。

弾薬は軽機千二百発、重機三千七百五十発、速射砲百二十発、大隊砲百五十発、聯隊砲百五十発である。

三月二十三日、戦車第十四聯隊第五中隊と、鏃《やじり》掃討部隊がトンザンに到着した。この部隊は敵が後退の際に敷設しておいた地雷除去をおこなっていたのである。

戦車第五中隊は、押収した英軍の軽戦車M3五輛で編成されていた。第二大隊は、戦車中隊を先頭に、薄暮攻撃をはじめた。

三澤大尉は山砲による銃眼射撃で協力したが、攻撃が開始されてまもなく、M3戦車五輛のうち四輛がすべて埋設地雷によって路上で破壊されてしまった。

第二大隊はその後も白兵攻撃をおこなったが、損害を出したのみで、不成功に終った。

二十四日の夜になって、山砲第一大隊に弾薬三百発が到着した。三澤大尉は顔をゆがめて歎《なげ》いた。

「今夜、弾薬が届くと分っておれば、トーチカ攻撃に手持ちの弾薬をすべて使い、銃眼を潰《つぶ》せたのに、残念至極だ」

翌二十五日、真山重砲兵聯隊が加勢にトンザンに進出し、長射程の十センチカノン砲八門でトンザン西方を流れるマニプール河の対岸に密集している敵砲兵、自動車部隊を射撃することになった。

同日正午、日本軍第五飛行師団が、トンザンの敵陣を爆撃するとの連絡が届いた。

「よし、砲兵火力の掩護をうけ、昼間攻撃で敵陣地を踏みつぶしてやるぞ」

午後になって日本戦闘機十機、軽爆三機が戦場に飛来し、マニプール河渡河点に急降下爆撃をおこなった。

同時に山砲、重砲は射撃をおこなう。山砲はトンザン北部の敵陣、重砲はマニプール河対岸の敵に砲撃を加えた。

だが重砲は一門二十発しか弾薬を携行していなかったので、友軍機が去ったあと、対岸の敵砲兵は、太鼓を叩くように弾量を惜しまない猛射撃を再開した。

敵のいきおいはまったく衰えず、第二大隊の攻撃を寄せつけなかった。

翌二十六日午後三時頃、マニプール河畔で、天地を震撼《しんかん》させる大爆発音がおこった。トンザンを死守していた英印軍は、マニプール鉄橋を破壊し、撤退していったのである。

第三十三師団は、全軍を三分し、右突進隊、中突進隊、左突進隊として、三方向からインド国境を突破し、インパールへ進撃する作戦を実行していた。

歩兵第二百十四聯隊山砲第一大隊長三澤錬一大尉は、インパール攻撃の前途にみじめな破局が待ちうけていると、予見していた。彼は常に聯隊本部の将校たちにいった。

「英印軍は、われわれがこれまで戦ってきた中国軍とはちがう。われわれはビルマに攻め入って、日本の二倍近い国土を、三月から六月までにきれいに占領したが、いまの英印軍は当時の彼らと一変しているんだ。

その頃、ビルマにいた英印軍は二個師団あまりだ。重慶軍はたくさんいたけどね。英印軍は訓練もできていなかった。歩兵が穴を掘ることを知らなかったからね。

陣地のまわりに障害物、鉄条網をあまり置かない。だから日本軍の夜襲突撃は非常な効果を発揮したよ。日本軍はラングーンを取るまでは二個師団でやった。途中から四個師団にふえたが、とにかく甘いものだった。

牟田口司令官もシンガポールでボロクソにやっつけたんで、英軍を非常に甘く見ているんだ。上から下まで、われわれも胸のなかをあらためてみると、油断があるよ。非常に甘く見ているんだ。

支那ではいつでも油断ができなかった。重慶軍はそれほどでもなかったが、共産軍討伐戦には苦労させられたね。共産軍は頭がいいので、まったく戦争にならなかった。攻めると逃げて、逃げて、逃げて全然戦うどころじゃない。

日本軍は大都市をおさえていても、それ以外の土地にはすべて共産軍が手をのばして、情報網が住民のあいだにひろげられている。

日本軍が動けばすばやく逃げ、油断していると突然夜襲をしかけてくる。枕を高くして寝ていられない。実に神経を消耗させられたが、実際の戦闘といえるようなものはめったにやらない。

二カ月に一度、大砲を撃ったというような、のんびりした戦線にいて、ビルマへきてみると、やっぱり英印軍が弱かった。植民地軍というのは、そんなものかと思っていたが、そうではなかった。

彼らはこんどは築城をはじめた。とにかく穴を掘り、コンクリートを使って交通壕で連絡した蜂の巣陣地をつくり、外側は幅が七、八十メートルもある針金のコイルを這わせる。そんなことをされたら、夜襲なんかできないね。それから飛行機と火砲の増強、戦車をやたら出してくる。そんな支度をして待っているあいつらは、いってみれば栗だね。置いておけば何もしてこないが、うっかり握りしめると、イガがてのひらに刺さってどうにもならなくなる。

あいつらが栗だということも、ついこのあいだのシンゼイワの戦闘で、いやというほど知らされたんだよ」

聯隊本部にいる将校たちは、黙ってうなずくばかりである。

彼らはベンガル湾に面するビルマの西南端マユ半島を防備する第五十五師団に協力するため、配属されていた第三十三師団第二百十三聯隊第一大隊で、一月上旬から二月末まで、英印軍と死闘をつづけてきた三澤大尉の体験を詳しく聞かされていた。

三澤大尉は長野県出身である。昭和十四年に任官して高田歩兵第五十六聯隊に配属され、その後山砲第三十三聯隊で中支を転戦し、昭和十七年正月に中隊長となり、それから十九年に山砲第一大隊長となった。

昭和十八年末から英印軍が、ベンガル湾沿いのビルマ領最南端にある航空基地アキャブをめざし、インド国境を越えて、南下しはじめた。第五、第七、第二十六インド師団である。

昭和十九年一月、英印軍はマユ半島のプチドン、モンドウまで進出してきた。第五十五師団は、歩兵第百四十三聯隊を英印軍の進路に配置していた。

徳島編成の同聯隊のうち、最初に英印軍の攻撃を受けたのは、左第一線に展開していた第一大隊であった。同大隊の防御正面は、左手の小集落から右手のマユ一三〇一高地に至る、八キロである。

大隊はこの広大な正面に、三十七ミリ対戦車砲、山砲各二門を有する三個中隊を展開させていた。紙のように薄い陣地である。

アキャブ方面の防衛にあたっているのは、第五十五歩兵団長桜井徳太郎少将で、歴戦の勇将として知られていた。第一大隊は桜井少将の得意の『楠公《なんこう》戦法』で、敵にマユ山系以西へ日本軍の増援兵力が投入されたと思わせるため、陣地の後方十数キロにわたり、材木を黒ペンキで塗った偽砲、藁《わら》人形を置いた偽陣地を多数設置し、敵の砲爆撃を分散させようとした。

桜井少将は南北朝の頃、楠木正成が千早城に襲いかかる足利の大軍を右の策で翻弄《ほんろう》した故事を、陸軍大学校教官のとき、学生の教育に用いた。「いまさら楠公でもなかろう」と学生たちは笑ったが、中国戦線でその戦法は幾度も成功をした。

第一大隊の正面に襲いかかってきたのは、ブリックス少将の指揮する英印軍第五師団であった。敵は猛烈な砲爆撃の支援のもと、歩兵部隊を進撃させてきたが、寡勢の第一大隊は、陣地内に侵入してきた敵を、白刃《はくじん》、銃剣をふるい、白兵戦によって撃退した。

七三一高地という丘陵に布陣していた一個分隊の陣地は、隣接陣地との連絡に二十分以上かかる、孤立した位置にあった。英印軍一個中隊に包囲攻撃され、十名の分隊員のうち、戦死一、負傷六の損害を出したが、五十名以上の敵を白兵戦で倒し、ついに陣地を守りぬいた。

このように士気旺盛であったが、敵に制空権を完全に握られているので、こちらの行動を先制され、しだいに兵の損傷がふえていった。

一月二十六日、英軍はB24十六機、B25十二機、急降下爆撃機二十四機、合計五十二機による猛烈な爆撃ののち、約一時間、重砲、迫撃砲、戦車砲で第一大隊陣地を撃ちまくった。日本軍の常識では考えられない弾薬の浪費である。

「あいつらは、団扇太鼓《うちわだいこ》を叩くように撃ちよるなあ。消耗品と思うとるんやろか」

第一大隊各陣地は砂塵《さじん》と黒煙のなかに隠れてしまい、観測所から見ていた山砲兵中隊長は、火山が爆発したような光景に動転し、聯隊本部に電話で報告した。

「第一大隊は全滅いたしました」

敵砲弾は日本軍弾薬集積所へ命中し、巨大な火柱を噴きあげる誘爆をおこした。爆発した弾薬のなかには、内地から急送して前夜着いたばかりの、戦車攻撃用榴弾「タ弾」も含まれており、実戦に一発も使用できなかった。

タ弾は昭和十七年にドイツから資料をうけ、製作した特殊榴弾で、砲弾直径の一・五倍の特殊鋼板を貫通する、戦車用弾薬である。

第一大隊は全滅したかと思えるほどの砲爆撃のなかで、ほとんどが生き残っていた。反対斜面を利用した掩蔽壕《えんぺいごう》、トンネル式地下壕にひそんでいたのである。

英印軍歩兵は、砲爆撃によって日本軍が全滅したと思い、着剣した銃を手に喊声をあげ、突撃してきた。

彼らは日本軍陣地から一発も撃ってこないので、戦死あるいは退却したと思い、大声で陽気に話しあいながら接近してきた。

各陣地の兵は、銃の引金に指をかけ、敵が近づいてくるのを待っていた。敵を三十メートル以内に近寄せる「至近距離戦法」である。

兵たちは壕のなかに設けた反射鏡で、敵を「手榴弾投擲《とうてき》距離」まで引きつけ、全火力を咆哮《ほうこう》させ、またたくうちに大損害を与えた。

英印軍の将兵は巨軀《きょく》をまるめ、泣き喚《わめ》きつつ遁走《とんそう》していった。

このあと、退却した敵兵にかわって、いままで見たこともない巨大な戦車が五台、キャタピラのきしむ音をひびかせ、あらわれた。

彼らは重機をけたたましく撃ち、ヒューッ、ドォンと吹矢のような音を立て、大砲を放った。大隊の二台の三十七ミリ速射砲は、命中しても砲弾をはねかえされ、見る間に戦車砲の攻撃で砕け散った。

「山砲を呼べ」

山砲陣地は離れていて、間にあわない。陣地は踏みにじられ、火焔放射器で焼かれ潰滅する。

大隊長辻本少佐はとっさに命じた。

「迫撃砲二門で、先頭車に煙弾を撃ちこめ」

煙弾が命中し、敵の先頭車が黒煙に包まれた。英軍から捕獲した迫撃砲がなければ、辻本少佐は十メートル前方に迫った重戦車に踏みつぶされているところであった。

煙幕のなかへ、兵隊が飛びこんでいった。

サイダー瓶にガソリンをつめ、ぼろ布で栓をしたのを二本持った兵隊が投げつけると、炎があがった。

とたんに五台の重戦車が何を勘違いしたのか、いっせいに方向も変えずバックをしてゆく。それを数人の兵隊があとを追い、火焔瓶を投げつける。

大隊長は全身にはりつめた緊張が一気にゆるんだ。

M４戦車の搭載砲は口径七十六ミリであった。水平射撃しかできないので、地面にしがみついておれば砲弾は避けられるが、日本軍は火焔瓶、アンパンと称する磁気爆雷をもっての肉迫攻撃しかなかった。それをやると甚大な人的損害が出るので、結局退避するしかない。

大隊長は聯隊本部に、戦線へ重戦車が出現したことを急報した。本部は師団司令部にその旨を連絡したが、参謀たちはとりあわなかった。

「マユ附近の地形で、重戦車が使えるはずがない。小さいやつ（M３）を見間違えたんだろう」

大隊長は激怒して、聯隊長に電話連絡をとった。

「小さいか大きいか、参謀を前線へ出してたしかめさせて下さい」

第五十五師団歩兵団長桜井少将は、プチドン方面の砲声が一月二十六日朝から猛烈になってきたのを聞き、参謀たちにいった。

「通信も断絶しているようだが、有力な敵を迎撃し、守勢に立てば、常にこんな状況になるんだ。断乎《だんこ》として攻勢正面に兵力を集中しなければならないのだ」

桜井少将の攻勢転移にむかうべきであるとの進言に接した第二十八軍は、第十五軍のインパール攻撃開始に先立ち、アキャブ、マユ半島方面の英印軍に対する「ハ」号作戦を二月四日に発令することにした。

桜井少将の率いる兵力は、歩兵第百十二聯隊（棚橋部隊）、歩兵第百四十三聯隊（土井部隊）、第三十三師団歩兵第二百十三聯隊第一大隊、山砲兵聯隊二個大隊、工兵聯隊主力を含む四千三百十五名であった。

桜井歩兵団は、二月三日夜、プチドン北東部で敵戦線を突破、一挙にマユ河沿いにプチドン北方約二十キロのトングバザーを急襲し、敵後背部に進出して、英印軍第七師団を完全に包囲撃滅するという、決死の作戦を強行するのである。

歩兵団は、プチドン東方陣地を発進し、トングバザーへむかうあいだに、正面に布陣している第七インド師団第十四旅団の戦線を突破して、夜明けまえにマユ河を渡河し、トングバザーを占領したのち、第七インド師団の後方を強攻し、包囲して一網打尽とする。

夜間に第十四インド旅団の陣地を突破し、二十キロの未知の土地を突進、トングバザーで第七インド師団と戦うのであるから、あいつぐ遭遇戦で敵と入り乱れ、乱闘をくりかえしつつ目的を達成しなければならない、至難の作戦であった。

桜井少将は、ひそかに思った。

——俺も命があるかどうか、運任せだ。兵をどれほど生きて帰せるか、見当がつかない。しかし、この敵を捕捉《ほそく》し撃破すれば、インパール作戦の側面援助に大功績をあげることになる。現戦線に膠着《こうちゃく》して、出血を強いられているよりは、乾坤一擲《けんこんいってき》の大勝負をやるのが、男子の本懐だ——

桜井少将は、「ハ」号作戦開始前、方面軍司令部において、作戦主任参謀に敵情についての説明を求めた。

参謀がプチドン、モンドウ戦線の敵情説明をはじめようとすると、少将は一喝した。

「そんな一般的な敵情を聞く必要はない。聞きたいのは第七インド師団司令部の現在地だ。司令部はいまどこにいるのだ」

参謀は質問の真意をはかりかねた。少将は重ねていった。

「こんどの作戦では、敵の兵団司令部を目標に突進するのだ。尋常な戦闘をやれば、こっちが全滅する。桶狭間《おけはざま》の信長だよ。今後は敵司令部位置の探知に全力をあげ、移動したときは行先を教えてくれ。分ったか、俺の戦いぶりをよく見ておけ」

桜井少将は日中戦争以来、実戦経験をつみ、死生を分つ危険な状況を幾度も踏みこえてきた。独得の嗅覚《きゆうかく》を持っていて、図上作戦によって戦況を分析する参謀たちの意見に耳を傾けなかった。

少将は、プチドンに進出している、第七インド師団の火力を判断し、日本軍第五十五師団は、守勢に立っているだけでは全滅、蒸発しかねないと見ていた。

インパール攻撃に協力するどころではない。日本軍が火砲を一発発射すれば、何百発、何千発も撃ち返してきて、M4重戦車を先頭に押し寄せてくる敵を、薄紙のような陣地で支えているのは、英印軍がきわめて消極的な戦法をとっているためである。

彼らは日本軍陣地に二、三人の兵隊が残存して、わずかに小銃射撃で応戦していても、戦車、重火器を乱射するだけで、陣中に突撃してこなかった。

英印軍が日本兵のように銃剣突撃を敢行する気力をそなえておれば、勝敗はきわめて短期間に決したのである。

英印軍は、マユ半島中央部のマユ山系により東西の連絡をさえぎられ、プチドン、モンドウの二方面に分れての戦闘をおこなわねばならない。

マユ山系には、二つのトンネルで東西に通じている延長二十六キロ余の、全天候重車輌道があったが、昭和十七年夏以降は日本軍に押さえられていた。それで英印軍は、山系にあらたにジープの通行できる道路を建設し、二方面の戦線相互の連絡をとれるようにした。

二月二日、桜井兵団はマユ河附近の作戦発起点に進出した。

少将は二月三日、補充兵百九十三名が到着したことをよろこび、日誌に記した。

「本夜愈々《いよいよ》敵陣に斬込むなり。恰《あたか》も義士（赤穂）切腹の日なり。一同決死、今日の快挙を成就せんことを期す。一度決行せば又復行することなきこの突進、只《ただ》全力を尽して神命を待つのみ。遮二無二猪突猛進せんのみ」

少将は、麾下《きか》四千三百十五名の将兵に訓示した。

「夜間突進中に敵と遭遇したときは、『万歳』を連呼せよ。さらに要すれば敵中に発煙筒を投げつけ、敵の混乱に乗じ突進を続行せよ。敵に会って停止し、敵情を偵察したのち行動せんとすれば、突破作戦は必ず失敗する。躊躇《ちゅうちょ》は禁物《きんもつ》、機を失せず大声で『万歳！』と叫び一団となって駆け抜けよ」

桜井少将は、英印軍から捕獲した火砲の射撃隊、敵兵器の取扱いに熟練した兵器勤務隊を編成していた。敵から押収した兵器弾薬を利用するためである。

桜井兵団は迅速に行動し、トングバザーを占領後、第七インド師団の背後を包囲攻撃する「ハ」号作戦に要する日数を七日間としていた。携行する食糧は七日分である。

二月三日午前三時、兵団はトングバザーへむかい突進を開始した。左前方ナケドークという村にある敵砲兵陣地から五分置きに砲撃をうけた。破裂音に前進の足が鈍り、密集部隊が闇中で押しあううち、味方山砲に敵弾が直撃し、七、八名の死傷者が出た。

桜井少将は敵に聞えてもやむをえないと大声で叱咤《しった》する。

「早くいけば何でもないことが、遅れると大損害をうけるのだ。早く敵陣間を突破しなければならんのだ」

少将は声をからして叫び、兵団司令部を先頭に出した。

田圃《たんぼ》のなかを懸命に駆け走ると、敵砲兵はこちらの様子をまったく察知せず、後方の同一地点を砲撃している。

午前四時半に月が落ち、兵団は塗りつぶされたような闇中を、ひたすら突進した。トングバザーまでの二十キロの道程のあいだに、一度だけ小銃、軽機の射撃をうけたが、発煙筒を投げ、「万歳」の声をあげると、敵はたちまち沈黙した。全軍は猪突猛進し、午前九時、前衛の棚橋部隊松尾大隊が、トングバザー市内に突入した。部隊主力は、さらに北方の渡河点にむかった。

第三十三師団第二百十三聯隊第一大隊を基幹とする久保部隊も歩兵団司令部につづき、トングバザーに進撃した。マユ河を渡河するとき、満潮であったが、敵舟艇を奪い渡った。

このとき上空に陸軍第七飛行団七十機が飛来し、約一時間にわたり掩護をおこなったので、敵機はあらわれなかった。

市中には敵の遺棄屍体が散乱し、約百五十名の守備部隊は四方へ逃走し、病院には患者が置き去りにされ、巨大な軍用倉庫には食糧が山積されていた。

だが突入した兵隊たちは疲れきっていて、捕獲品の整理が進まなかった。将兵は市外のジャングルに入り、午後八時頃まで仮眠をとった。

桜井少将は敵の砲撃にしばしば夢を破られたが、夜になって市中へ戻ると将兵が厖大《ぼうだい》な食糧倉庫のさまざまな品物をとりだし、大よろこびであった。


桜井少将は今後の麾下部隊の部署につき命令を下した。
一、久保部隊はマユ山系西側約十五キロのヌガンギャンに進出し、敵の増援を阻止する。
二、棚橋部隊は、マユ山系東麓を南下し、ナケドーク付近で敵主力を求め、攻撃する。
三、土井部隊松尾大隊はナケドーク北東のオーランビンへ前進し、二月四日払暁《ふつぎょう》とともに本隊と協力して敵の背後を攻撃する。
四、桜井兵団司令部は松尾大隊の後方を前進する。
棚橋部隊はマユ河を渡ったのち、一個大隊をナケドーク西方四キロのシンゼイワの西に派遣し、第七師団のインド領内への退路を断たせた。

桜井兵団がこのように東西に網を張り、第七師団の後方を包囲したとき、プチドンから歩兵第百四十三聯隊第三大隊（黒岡大隊）と、歩兵第百四十四聯隊第二大隊（加藤大隊）が、ナケドークへ攻撃前進して英印軍第七師団の前面に立ちふさがり、袋の鼠とし潰滅させる。

そののち、ベンガル湾沿いのモンドウに出ている英印軍第五師団へ襲いかかるのである。このように放埒な桜井少将の攻撃作戦は、成功しかけているようであった。

だがここまで眼のまわるほど攻撃方向を変化させる作戦を実行すると、敵味方が入り乱れて、小部隊が至るところで遭遇戦をひきおこし、死傷者が続出する。

各部隊を指揮する歩兵団本部が、まず味方とはぐれてしまった。敵のうしろに味方がいて、味方のうしろに敵がいる状況である。戦車、火砲の支援をうけた優勢な敵軍が、日本軍陣地を突破しても、一点を打開しただけで、両側の日本軍は後退せず、敵戦車に爆雷を抱き肉迫攻撃をしかけるので、戦線が混乱してしまうのである。

二月五日朝、トングバザーから約六キロ南下したインギャン附近の高地にいた兵団司令部は、突然有力な敵の一団と不意に遭遇した。

護衛中隊を指揮する兼利中尉が必死の応戦をするが、三方からの射撃をうけ、たちまち小隊長と兵一人が戦死、一人が重傷を負った。ちょうど友軍機が飛来したので発煙筒を焚き、布板を出し連絡をとろうとしたが発見されず、かえって迫撃砲の射撃をうけ兵二人が死傷、さらに損害がふえてきた。

棚橋部隊、松尾大隊と懸命に連絡をとるが、回線は不通である。通信兵二名を連絡に出したが、まもなく重機射撃音がさかんになり、途絶えてしまった。

夜になって本部の中尉は、英兵二人が山腹を這い登ってくるのを見て、手榴弾を投げ、撃退した。

その夜、兼利中隊は敵陣を急襲したが、三方から猛烈な逆襲をうけ、将校、兵各一名が帰り、他は全滅したとの報告をうけた。

危機はしばしばおこった。本部の防水班、通信兵もすべて銃をとり戦闘をおこなった。敵は手榴弾、自動小銃をさかんに用い、手榴弾を発射する擲弾銃の精度はきわめてよく、味方に死傷者が続出した。

たぶん到着できないだろうと思いつつも、近くにいるはずの工兵隊への連絡兵を出したが、翌二月六日午前九時頃、工兵隊長以下二百八名があらわれたので、桜井少将は活路を見いだした思いで、気力を回復した。

兵団本部は工兵隊に敵との戦闘を交替してもらい、南下してプチドンから北上してくる加藤、黒岡大隊を掌握し、ナケドーク附近へ潰走《かいそう》しているインド第七師団の包囲網を縮めることにした。

迫撃砲の射撃が絶え間なく、おなじ場所に停止していると、たちまち死傷者がふえてくるので、南の方向へ走った。敵は左へ迂回している様子で、迫撃砲を担いで走っている敵兵の姿が見えたので、射撃して倒した。

前日からの本部損害は、戦死十、負傷十七、生死不明二十八、合計五十五名に達した。高地からの狙撃に負傷者をふやしつつ、夕方になってようやく敵弾を避けるのに都合のよい高地に集結した。

夜になって斥候に出た曹長が帰り、報告した。

「ナケドークには友軍は見えず、敵軍の馬が群れ集って駆けまわっています」

夕方から敵は輸送機で百梱《こり》ほどの軍需品を投下した。

ヌガンギャンに派遣した久保部隊から連絡がきた。

「トラック四十台捕獲、遺棄屍体二十八、捕虜三十二。損害は下士一、兵一、負傷のみ。敵はインド国境を北上する兆候をあらわしている」

棚橋部隊は兵団本部との連絡がとれないまま、松木平《たいら》大隊（第一大隊）でシンゼイワの西、マユ山系の道路を遮断したのち、英印第七師団司令部を、聯隊本部要員と、捕獲迫撃砲の猛射によって攻撃し、占領した。

棚橋部隊は、総員千七百余名であったが、各大隊は敵と混戦して連絡をとれず、敵師団司令部を占領したのは、きわめて僅少な兵力によるものであった。

トングバザーを急襲された英印第七師団も事情は同様で、きわめて小部隊に分れ、ナケドーク附近を逃げまどっていたのである。棚橋部隊はおびただしい英印軍機密書類を押収。英軍将校四名、下士官、兵二十五名を捕虜とし、これらによって英印第七師団の組織、マユ山系西方の英印第五師団の編成、組織を知った。

第七師団長はメサービー少将、第百十四旅団長はロバーツ准将、第三十三旅団長はトッテンハム准将、第八十九旅団長はクローサ准将であった。

プチドン附近から北上した黒岡、加藤の二大隊は有力な敵と混戦し、黒岡大隊は二月六日ナケドーク南東二キロの高地を占領、遺棄屍体八十、自動車百三十輌破壊の戦果をあげたが、加藤大隊はその後方で血戦をつづけていた。

第七師団司令部は、メサービー師団長以下、装具を身につける余裕もなく、シンゼイワ盆地へ逃走した。

メサービー少将の赤鉢巻つきの将官帽は日本軍の兵隊がかぶっており、彼は「将軍」と渾名《あだな》をつけられた。

桜井少将は、敵第七師団司令部のあった三一六高地に二月十日、午後三時頃到着した。棚橋部隊がシンゼイワ盆地へ、第七インド師団を追いこんだことを、電話連絡によって知り、駆けつけたのである。

棚橋部隊はあらたに、補充員将校五名、兵四百二十一名を加え、総員二千百九十五名となり、戦力充実していた。

シンゼイワ盆地は東西約一・三キロ、南北約一キロから二キロの小さな盆地であった。そのなかに敵第七師団の主力、五千名以上が戦車約百輌、自動車五百輌以上とともに退路を断たれ、集っていた。

二月十一日の桜井少将の日誌には、大魚を網のなかに捕えた様子を詳しく記している。

「砲兵観測所から眼下に敵戦車、自動車がたくさん見えた。敵兵も歩いている。敵はジャングル内の山ひだに陣地を設けている。われわれが夜襲をしかけると、車懸《くるまがか》りの戦法で左右の斜面から襲うつもりか。

わが杉山大隊（棚橋部隊第三大隊）が、シンゼイワ北方高地から突進するが、機関銃、迫撃砲をそなえた約五百の敵が、戦車群に先導させて迎撃し、砲煙が立ちこめた。

ただちに山砲大隊長を呼び、砲座の位置を変え、山ひだの敵を撃破するよう指示した」

棚橋部隊第一大隊（松木平大隊）はシンゼイワ南方の高地から眼下の敵を攻撃する。

第二大隊（星大隊）はシンゼイワを南方山地から襲う。

歩兵第百四十三聯隊第二大隊（松尾大隊）と第三大隊（黒岡大隊）は、トングバザーの敵を撃破したのち、作戦は終了したと思い、プチドンへ引き揚げようとしたとき、師団命令で呼び戻され、シンゼイワへむかった。

桜井少将の「ハ」号作戦は形のうえでは完全に成功した。退路を封鎖された英印軍は、しだいに指揮組織を寸断され、桜井兵団はこれを潰滅させるのみである。

だがその後の戦闘は、兵団長が経験したことのない状況になった。シンゼイワ包囲の段階で、日本軍は勝利を手中にしたつもりになったが、包囲された敵は、戦いはこれからはじまると考えていた。

桜井兵団は、眼下の敵を包囲していると思っているが、北方のナケドーク附近の至るところに敵有力部隊が残存し、いたるところに出没し、補給線は寸断され、患者の移送もほとんど不可能である。

一週間で敵第七師団を捕捉撃滅する予定であった桜井兵団は、包囲線を固めたときは食に窮し、周辺の村落から買い集めた籾《もみ》を鉄兜《てつかぶと》でついて炊き、飢えをしのぐ。

飢えた兵団の戦力は日毎《ひごと》に衰えていった。

棚橋部隊の各大隊は十一日以降、盆地の敵に強襲をくりかえしたが、一蹴できるはずの弱敵は、多数の戦車、野砲、迫撃砲で猛然と反撃し、山ひだを巧みに利用してつけいる隙を与えない。

夜になると戦車を外周に配置し、火砲をそのうしろに並べ、鉄条網で隙を塞《ふさ》ぎ、日本軍の夜襲がはじまると、照明弾を放ち、機関銃で掃射をした。

英印軍は包囲されているが、戦力は増強されるばかりであった。彼らは二月十四日までは日本軍の戦闘機と地上砲火にさえぎられ、夜間のみ物資の空中補給をうけていたが、その後インパール作戦がはじまり、日本戦闘機の活動が弱まると、昼間投下に切りかえた。

空輸部隊は、食糧、火砲、各種弾薬、戦車用ガソリンなど戦闘資材のほか、血漿《けっしょう》、医療器具、特殊薬品、郵便物、新聞、料理用鍋、眼鏡、寝具、靴下、カミソリ、石鹸、歯ブラシなどを要求すると四十八時間以内に投下した。

棚橋部隊の各大隊は、二月十一日以降くりかえし夜襲を強行した。だが、頑強な円筒型敵陣地に殺到する前に機関銃でなぎ倒され、戦車群に蹂躙《じゅうりん》されて、大損害を出しては後退するばかりであった。

夜襲失敗の原因は、M4重戦車の攻撃をうけたためであったが、戦車を破壊できる兵団の火砲は、十五センチ榴弾砲一門のみで、残弾僅少であった。

棚橋部隊長は三組の特別攻撃班に、爆雷攻撃を敢行させたが、すべて機銃掃射で倒されてしまった。棚橋部隊の兵員損耗《そんもう》はすさまじく、二月十一日に二千百九十五名であった員数が、十日後の二十一日には四百名以下となった。

戦場の様相は地獄のようで、血にまみれた両軍の屍体が地を埋めた。火力において日本軍を大きくうわまわる英印軍も、狂ったような万歳攻撃による被害が大きく、戦死者数は日本軍を超えていた。

二月十七日以降、ナケドーク北方にあらわれた第二十六インド師団という新手の敵が重砲八門で桜井兵団司令部を砲撃し、陣地は砲煙に包まれ死傷者が続出した。

さらにカラダン河沿いに、第八十一インド師団が南下中であるという情報が入った。

桜井少将は各部隊に命令を発した。

「盆地内の敵を撃滅するのは困難であるため、十九日に盆地東側の隘路《あいろ》を開放し、敵を脱出させ、盆地外で総攻撃をしかけ撃滅する」

だが兵団には、少将の命令を実行する戦力はすでになかった。

少将は十九日の日誌にしるす。

「今夜の突入こそ雌雄を決する関ヶ原なり。死を決するは容易ならず。死を決せざれば敵は参らず」

だが棚橋部隊の各中隊の兵力は、五十名から六十名と小隊程度に激減し、食糧も欠乏してよろめき歩く有様である。

棚橋部隊長は攻撃を延期すると兵団司令部に連絡した。

「準備の都合により、攻撃を二十日に延期します」

二十日になると、さらに二十二日に延期した。その日は午後二時以降、兵団司令部との無線連絡を絶ち、棚橋大佐は夜間総攻撃を実施しなかった。

桜井兵団はついに万策尽き、シンゼイワ包囲を解き、傷病者を担送してむらがる敵中を突破し、プチドンの陣地へ帰還していった。

退路には、五百名から六百名の英印軍が潜んでいて、戦闘をしかけてきた。

兵団は、六百余人の傷病兵を同伴していた。シンゼイワ盆地包囲ののち、もっとも北部のヌガンギャンで道路封鎖にあたっていた久保部隊は、英印軍占領地域を六十キロ突破して後退していった。久保部隊長は負傷し、担架で運ばれた。

後退経路を封鎖している英印軍小部隊を急襲排除し、敵配備の隙間をくぐり、ジャングルの地隙《ちげき》を行進して潜行する。

月光のあきらかな夜、久保部隊はくさむらに密集隊形で出た。三澤大尉も列伍のなかにあった。ジャングルから草原へ出ると、間近に英印軍歩哨が立っていた。十メートルも離れていない至近距離である。

先頭をゆく歩兵中隊長が、「着け剣」と号令を発し、兵隊は着剣した小銃を担ぎ、将校は抜きはなった軍刀を高く差しあげ、歩調をそろえ、敵の多数のテントが並んでいる前を、整然と通り過ぎていった。

敵兵は自動小銃を手に、続々とあらわれたが、月光にきらめく白刃に気おされたのであろう、声をたてず、射撃することもなく立ちすくんだままであった。

三澤大尉はそのときの光景を思いだしていった。

「あれは、関ヶ原合戦の島津勢の撤退ぶりのようなものだったね」

英印軍をシンゼイワに追いこんだ桜井兵団の行動は、日本陸軍の「作戦要務令」に示された奇襲、包囲撃滅戦法を正確に成功させたものであった。

木と紙と土でつくった家に育ち、井戸水を飲み、朝は鶏、日暮れどきは鴉《からす》の啼声《なきごえ》を聞き、田畑ではたらく日を送ってきた日本の兵士たちは、金属、機械を用いた経験がすくない。器用で、生活に必要なものは何でもこしらえるが、機械になじむ日常ではなかった。

だが、戦場にきてのちは、皮膚の下にあたたかい血の流れる体を肉弾として、敵の機械に激突させ、攻撃しなければならない。

緑濃い山の稜線がなだらかな、おちついた故郷の景色に身を置くことは二度とない、と誰もが思いこんでいた。

それは覚悟というような高尚なものではない。死が眼前に迫っているので、あらためて死を思うのもめんどうくさいという、完全な絶望であった。

この物的戦力を軽視した極端な精神主義が、従来大きな戦果をあげてきた。英印軍は日本軍の強襲のまえにしばしば屈するうち、その慣用戦法を無力化するため、空中からの補給により、包囲攻撃に耐え抜く、「円筒陣地戦法」をとることにした。

これが日本軍のもっとも威力を発揮する「夜間攻撃」を制する結果となった。

堅固な掩蓋《えんがい》陣地を構築し、多量の照明弾を打ちあげ、昼間のような明るさのなかで障害物に動きをとめられている日本軍を、自動小銃、軽機、重機、戦車砲の掃射により、攻撃兵力に多くの損害を与えたので、棚橋部隊のように、数日の攻撃で全滅に近い深刻な打撃をこうむる結果が出ることになった。

日本軍は、桜井兵団のシンゼイワ攻略失敗の現実を正しく分析しておれば、インパール攻撃作戦に際し、食糧、兵器弾薬搬送の兵站線強化につとめ、勇猛な将兵の敢闘によって作戦成功に至らせていた可能性もあったのである。

三澤元大尉は当時を回想する。

「インパール作戦がはじまっても、まだほとんどの将兵が、敵を非常に甘く見ていましたね。牟田口司令官だけじゃない、上から下まで。アキャブ作戦で敵が栗だ、握ればとても痛いぞということを大損害をうけて知らされていたわれわれでも、やっぱり油断があったんだ」

三澤氏は山砲で敵重戦車をたまに擱坐《かくざ》させたという。

「私はもちろん戦車をやったことがあります。山砲でね。山砲は七十五ミリですけどね。われわれは重戦車がきても、ふつうの榴散弾でやりました。徹甲弾というのもありました。弾頭を固くして貫徹力をつけている。われわれは瞬発信管をつけた榴弾一点ばり。

ほかに敵歩兵が接近してきたときに、自衛用に使う榴散弾の二種類しか持っていなかった。ビルマに後からきた四十九師団（狼師団）は夕弾を持っていましたね。

夕弾は榴弾とおなじでなかに炸薬《さくやく》が入っているんですが、弾頭の部分が逆三角に切られ、そこが空洞になっています。そうすると、火薬ガスが集中するので、初速にかかわらず鋼板を打ち抜く力が、わりあい強くなります。だがわれわれは夕弾を持っていませんでした。

われわれはお得意の瞬発信管でやっていましたが、たまに一発命中させただけで、火達磨《ひだるま》にさせたこともありました。ガソリンエンジンに火がついたんですね」

三澤氏はいう。

「インパール作戦はかなりむずかしいとは思っていましたけどね。それでも簡単には負けないぞと思っていました。シンゼイワ攻撃で、火中の栗を拾う痛みは、よく知らされていましたから、大変なことになりかねないと思っていましたが、完敗すると思っていなかったのでね。とにかくいろんな作戦をやって、進攻してきても、一方的に敗《ま》けた経験がない。だからインパールでは、シンゼイワの棚橋部隊のようになりかねないという気持ちはあったが、まったく萎縮《いしゆく》するということはなかったんです」

インパール作戦は、長途の密林を踏破しなければならないので、第十五軍参謀会議でははじめのうち実行を主張する者はいなかった。牟田口司令官でさえ反対していたというのである。

それが太平洋戦線で日本軍が米軍の火力に圧倒されてゆき、戦勢がふるわなくなるに従い、頽勢挽回《たいせいばんかい》のため、危険の多いインド侵攻作戦に踏みきらざるをえない状況に、直面したのであった。

陸軍首脳部には、日清、日露の大戦以来、将兵を危険にさらすのもいとわないのが、勇将の条件であるとする、人命軽視の傾向がある。参謀本部の秀才たちが、米、英、ソ連の軍隊が、軍備の近代化をはかってきた事情を知らないわけがなかった。

知っていて軍備のかわりに人命損耗もやむをえないとする、無理な博打をあえてしてきた。日中戦争では肉弾攻撃の威力が通用した。太平洋戦争初期にも、フィリピン、シンガポール、バンドンなどで、日本陸軍の無敵の実績が証明された。

だがアメリカの巨大な工業力が、ものをいいはじめた。桜井少将の作戦は、大成功を収めたが、包囲した敵は、味方の数百倍の火力をもつ兵器を空輸した。痩せ衰えて戦闘要員が激減し、糧食、小銃弾さえ欠乏した日本軍が、戦国時代の野戦のような神出鬼没の行動で彼らを罠に陥れても、簡単にやぶられてしまった。もはや前途には、破滅が待っているしかなかった。

闘志通ぜず

第三十三師団の中、左の二突進隊は、迅速な進撃によって、トンザンから西北約二十キロのシンゲルを経由し、インパールへ退却しようとしていた第十七インド師団の退路遮断に成功した。

千数百輛の自動車、二千頭の家畜、おびただしい労務者らが、マニプール河沿いの峡谷を伝う道路に、長蛇の列をつらね、包囲された。三月十四日の午後であった。

シンゲルの東方に敵軍の物資貯蔵所があった。左突進隊は師団司令部に戦勝の報告をした。

「聯隊は三二二九（呎）高地附近において、自動車二千輛、糧食弾薬、師団の二カ月分をろ獲せり。聯隊はこの附近に陣地を占領し、ろ獲軍需品の集積、戦場掃除に任ず」

だが、インパールに集結していた英第四軍団は三万の兵力をそなえ、日本軍を粉砕するに充分な火砲、戦車を行動させるための兵站《へいたん》、道路を整備し、要所には輸送機で空輸した資材によって、コンクリートで固めた蜂の巣型陣地を設けていた。

軍団は第十七インド師団がトンザン、シンゲルの間で退路を遮断されたと知ると、救援のために強力な機械化部隊を続々と南下させた。

第三十三師団はその後、三月二十六日までの十二日間に、三澤大尉がシンゼイワの戦闘で味わった、栗のイガの疼痛《とうつう》を骨身に沁《し》みるまで味わうこととなった。

第三十三師団は、発進地点から戦場まで、図面の直線距離で約百九十キロメートルを踏破したことになっているが、実際にはアラカン山系の千メートルから千七百メートル前後の山岳を頂上まで登っては谷底に下り、また屏風《びょうぶ》のようにそそり立つ岩壁をよじ登ることをくりかえしてきた。

　彼らの実際の踏破距離は約四百七十キロメートルと、発進時の予測をはるかにうわまわっていた。

　それでも兵隊たちは、最低四十キログラムの装具を身につけ、一人の落伍者もなく強行軍に堪えた。擲弾筒《てきだんとう》手、軽機関銃手は五十キログラム、重火器中隊の兵隊は、さらに重荷を運んでいた。

　背嚢《はいのう》を背負い行軍中の兵隊が転んだときは、亀の子がひっくりかえされたように、もがくばかりであったという。

　インパール作戦に参加する三個師団には、自動車十七個中隊が配属、ほかに駄牛、駄馬、象などが重火器、糧秣《りょうまつ》の運搬に用いられることになっていたが、峻険なアラカン山中に入ると、人力搬送のほかにわずかな駄馬を使役するのみとなった。

　そのため、重火器、銃砲弾の携行はできるだけ減らしたいと、戦闘部隊の将兵が望むようになった。日本軍と英印軍の火力の差はすさまじいものになった。

　日本軍が三門か四門の山砲、榴弾砲を一日に五、六十発撃てば、制空権を得ている敵は、こちらからよく見える高地に榴弾砲を百門も並べ、無数の迫撃砲、戦車砲などとともに、終日一万発以上も撃ちまくる。

常に死の危険にさらされ頬がこけ、眼光するどくなった兵隊たちはたこつぼ壕《ごう》のなかで苦笑いをする。

――一日じゅう鉦《かね》と太鼓が鳴り通しじゃ。にぎやかにあの世へいけるぞ――

三月十四日の早暁、中突進隊（歩兵第二百十四聯隊）第一大隊は、トンザン北方二キロのトイトムを占領し、陣地に拠《よ》って頑強に抵抗する、敵の退路を遮断したが、崖道を進出する途中、大隊砲を谷底に落してしまい、主力とする重火器を失った。

トイトム一帯は岩盤といってもいい固い土質で、兵隊が力まかせにつるはし、十字鍬をふるっても、壕を掘れない。

「これじゃ、夜があけたら砲爆撃の的だ。全滅だぞ」

兵隊たちは蒼《あお》ざめた顔を見かわす。

爆撃はうけなかったが、トンザンの敵陣地とマニプール河北岸から、敵の重砲、迫撃砲射撃が集中し、隠れる場所もない。偵察機が絶えず頭上で旋回し、射撃の誘導をするので、敵の着弾は正確である。

敵は榴散弾を用い、頭上で破裂するので弾片が頭上から降ってきて、地面にしがみついていても損害が続出する。

十五日の昼間、日本軍陣地より高い山頂から約三百名の敵が攻撃してきた。手榴弾を投げあい、機銃掃射を岩角で危うく避けつつ白兵戦をくりかえし、日没まで持ちこたえた。

斎藤大隊長は将校を集め、意見を聞いた。

「明日の夜明けから、再攻撃をうければ、全滅するだろう。坐して死を待つより、夜襲を決行すべきだ」

その夜、第一大隊は山腹の小道を伝い、山頂の敵陣に不意の急襲をかけることにした。携行する火器は乏しく、損害を覚悟して銃剣突撃をおこなうよりほかはない。

日本の兵隊が死を怖れず獰猛《どうもう》であることは、世界に比類なしといわれていた。だが実際には温和で、平時は商工業にたずさわっていた者よりも農業に従事していた者が多い。

ビルマの半分ほどの島国で、村社会に組みこまれ、軍部政権の施政には反抗するすべも知らない。

満二十歳になれば徴兵され、どれほど苛酷《かこく》な訓練にも堪え、兵営内の生活、内務班で初年兵は毎晩古兵の理不尽な暴行を、涙をのんで受けねばならない。

「上官ノ命令ハ、朕ノ命令ト心得ヨ」という軍人勅諭の文言《もんごん》により、どんなばかげた命令をも命をかけて守り通さねばならない。

ここにいれば全滅すると分っていても、後退命令が出ないかぎり、その場で敵の砲撃により挽き肉になるしかなかった。

逃亡兵は捕えられたときは銃殺刑になる。重傷を負い、死に瀕《ひん》している兵も、敵に降服し捕虜になって生きのびるつもりはなかった。

たぶん敵は傷の手当てなどはしてくれず、殺すだろうし、もし彼らの宣伝ビラに書かれている通り、病院で看護をしてくれ命をながらえたとしても、在郷軍人会や大政翼賛会をはじめ隣組の末端に至るまでの、くもの巣を張りめぐらしたような日本社会のなかには、とても戻れないと皆が思いこんでいた。

兵隊たちは上官の殴打暴行、体力を極限まで使いはたす演習に慣らされるうちに、常識では考えられない無理な戦闘で命を落すこともやむをえないとあきらめるようになった。戦場では自殺行為としか思えない、兵隊の行動が毎日のように見られた。


第一大隊は暗夜のなか急勾配の坂道をよじのぼるうちに、側面から重機数挺の掃射をうけ、将兵は西側の谿谷《けいこく》へなだれ落ち、塗りつぶされたようなジャングルの闇のなかで混乱状態となった。

斎藤大隊長は全隊員を掌握する責任があったが、なぜか伝令を連れ、約十キロ南東のカムザンまで進出している聯隊本部へ後退した。各中隊長はやむなく十九日までにトイトム北方五キロのルンタックに後退し、街道の遮断を解かれた第十七インド師団はトンザン附近からなだれをうってマニプール鉄橋を渡り、インパール方面へ退却していった。斎藤大隊長がふたたび第一大隊の指揮をとるのは、敵が鉄橋を爆破し、トンザン守備隊をふくめた、第十七インド師団が後退してしまったのちである。

斎藤大隊の失敗によって包囲網をやぶりインパール街道をシンゲルにむかったインド師団は、シンゲルの南北に布陣して街道を封鎖している、左突進隊末木大隊（歩兵第二十五聯隊第三大隊）と第一大隊（入江大隊）に襲いかかった。

インパールの英第四軍団は、第十七インド師団救援のため、一個旅団、軽戦車一個中隊、さらに歩兵二個大隊をシンゲルへ急行させた。

シンゲル南方に布陣していた末木大隊は、二十日朝、トンザン方面からあらわれた敵の猛烈な砲撃をうけはじめた。それは中突進隊の包囲を脱した第十七インド師団先頭の、第四十八師団であった。

乾季の街道は、自動車が通過すると砂埃《すなぼこり》というよりも、白い綿埃のようなものが空中に舞いあがる。人馬、駄牛などは埃のなかからおぼろに姿をあらわし、埃のなかに消えてゆく。末木大隊の兵たちは首をかしげた。

「砲車が重砲を曳《ひ》いてくるぞ。埃のきれめに敵がこぼれ落ちるほど乗ったトラックが、なんぼでもあらわれてきやがる。中突進隊はマニプール河の鉄橋を、おさえとるのだろうが。どこからきおったか」

「やっぱりトンザンの包囲を破りおったか」

末木大隊の陣地は、背嚢にくくりつけていた十字鍬で掘った、わが身ひとつがかろうじて入るほどのたこつぼで、頭上には掩蓋《えんがい》がなく、木の枝などでかろうじて擬装しているのみである。

敵戦闘機、偵察機は頭上を絶え間なく旋回し、砲撃照準観測をしつつ、雨のように機関砲射撃をくりかえす。

二十二日から敵の攻撃は激しさを増すばかりで、末木大隊左翼の第十二中隊は連日三千発以上の砲撃をうけ損害続出し、たこつぼ陣地はあとかたもなくなり、二十三日に中隊長以下生き残っていた三十一名の将兵は、全員空中に飛散し、大隊本部は左方の丘陵から殺倒する敵に、乏しい火力で懸命に応戦した。

シンゲル北方のインパール道を遮っている入江大隊は、インパールから急進撃してきたインド第三十七旅団の攻撃を、三月十五日以来支えていた。入江大隊の陣地は、五七〇八高地と呼ぶ、南北につらなる二百メートルほどの幅の稜線であったので、敵にとっては攻めにくい地形であったが、二十二日から敵の攻撃が激烈となってきた。

笹原聯隊長は、入江大隊救援のため第二大隊を増派した。二十三日、大隊長入江中佐は敵機の銃撃により戦死、二十四日になると、敵は重砲、迫撃砲の支援のもと、機関銃を乱射しつつ突撃してくる。

敵のM3戦車群は陣地を突破し、蹂躙《じゅうりん》するが、爆雷を持つ肉攻班がその都度命とひきかえに爆破撃退した。

シンゲルの戦闘状況は、最悪となった。二十五日夕刻、末木大隊から聯隊長のもとに暗号文ではなく生文《なまぶん》で報告が届いた。

「大隊は暗号書を焼却し、無線機を破壊す。大隊は現在地で玉砕せんとす」

笹原聯隊長は末木、入江両大隊が全滅の危機に直面していることを知り、柳田第三十三師団長につぎの電文を送った。

「聯隊は軍旗を奉焼し、暗号書を焼却するの準備を完了しあり。全員玉砕覚悟で任務に邁進《まいしん》す」

この報告はまもなく聯隊が玉砕するとの予告である。

柳田師団長は報告内容を判断して、シンゲルにおける二大隊の街道封鎖を解除させるであろうと考えた笹原聯隊長は、師団の指令をまたず、二大隊をシンゲル附近から後退させた。

聯隊長は、軍規違反の行為につき追及されたときは、自殺する覚悟をきめていたが、その後にインパール街道封鎖を解き、敵の退路を開放せよとの師団命令が届き、聯隊長はようやく気を安んじた。

インド第十七師団はおびただしい火砲、車輛をともない、北方のインパールへ退却していった。日本軍の戦果は彼らが残していった数百輛の自動車、ブルドーザーを得たのみであった。

三月二十六日、柳田師団長は第十五軍牟田口司令官に、電文で意見を述べた。内容はつぎのようなものであった。

「私が不手際であったため、鬼神を哭《な》かしむる部下の勇戦奮闘にもかかわらず、トンザン附近の敵拠点を完全占領できませんでした。その間にシンゲル附近でインパール街道を封鎖していた左突進隊を玉砕の危機にさらし、軍主力の作戦を万全に遂行できなかった罪は、万死に値《あたい》します。

私がいまもっとも憂慮しているのは、このような敵を相手に現在のような作戦を強行すれば、死力を尽して戦っても軍主力方面に同様の状況が起きかねないことで、至急適切な対策を講じる必要があると考えます。

どうかご賢察下さい」

はるか後方の第十五軍司令部では、戦線の切迫した状況はまったく分らなかったが、牟田口司令官は激怒した。

彼は戦後、当時をつぎのように回想している。

「私はウ号作戦の中核師団長たる柳田中将が、進攻作戦の現状を無視して突如かかる意見を具申した真意が、奈辺《なへん》に存するやを疑い、軍命令の服行を厳に督励した。

師団長に直接確めたわけではないが、戦況悲観病に冒されあるを感ぜずにはいられなかった。(中略)私が第三十三師団長であったら、誤って敵の退路を開放したあとでも、敵と一体になり、敵と混りあって一挙にビシェンプール(インパールの南約十五キロ)に飛び込んで行ったであろう。

あの時師団が飽くまで強気で果敢な追撃戦を実行しておれば、常に戦場の主導権を握り、終始敵をして我に追随せしめ得たものと信ずる」

前線の状勢は、牟田口司令官のいうように、退却する敵ともつれあい、インパールをめざせるような有様ではなかった。

兵隊が発進当時携行した二週間分の食糧はすでに底をつき、弾薬も至急に補充しなければならない有様である。白兵戦闘に欠かせない手榴弾さえ、一発も持たない者が多かった。敵の弾幕に銃剣突撃で応じるばかりでは、兵力はたちまち消耗し玉砕に至るよりほかはない。

末木、入江大隊のシンゲル戦闘での戦死者は将校二十名、准士官三名、兵二百五十三名で、負傷者は五百名を超えていた。戦力は半減以上の痛手をうけた。

そのような状態で敵ともつれあい死闘を挑めば、玉砕は目前である。負傷者は戦場から歩いて離脱できる兵であっても顔や胸の肉がちぎれかけぶらさがり、火焔放射器にあぶられ全身火《ひ》膨《ぶく》れになった姿で、苦痛に泣きながら後退してくるのである。

両大隊は多数の指揮官を失っているので、欠員補充をしなければ、作戦行動ができない。第三十三師団は、右突進隊の第二百十三聯隊第二大隊を笹原聯隊の指揮下に置き、三月二十九日からインパール北西のトルボンに前進を開始させた。

左突進隊はインパール街道を輜重《しちょう》隊のトラックで三十マイルほどを通過し、トルボン附近に到着した。街道は舗装道路で、国境表示標識を基点として、道路標があり、整備がゆきとどいていた。

マニプール平原に近づくと、敵襲を警戒して、山中の徒歩行軍に移った。昼間は空襲を避けてジャングルにひそみ、日没から翌朝まで歩く。

闇夜の行軍は、常に前を行く兵を見失わないよう、気を配らねばならない。工兵隊が伐開した細道に凹《へこ》みがあれば、前の兵が飛びこえる間、つぎの兵が待たねばならない。

五十人がおなじ速度で歩いていると、待っている時間が一人一歩として五十歩ひらいてくる。そうなると後続の兵は走って前をゆく兵との間隔を詰めなければならない。間をひらいたままにしておくと、隊列から離れてしまい、必死に呼びながら先行の隊列を探さねばならなくなる。闇中には、敵が潜んでいるかも知れないので、なるべく声を出すことは禁じられていた。

歩兵部隊四千人ぐらいで、一列縦隊で移動するのは、初年兵では考えられないほど手間のかかることであった。完全武装の兵隊の歩速は一時間四キロである。

先頭が行軍をはじめ、一時間たっても最後尾の中隊は地面に腰を下したまま動かない。先頭がさらに一時間歩き、二度めの小休止《しょうきゅうし》へ十五分間の休憩をとるころになって、ようやく二百メートルほど前進する。

最後尾が規則通りの行軍をはじめるのは、先頭中隊が歩きはじめてから三時間か四時間たったあとのことである。大部隊の徒歩行軍はそれほど鈍重で、時間と体力を浪費するものであった。

三澤大尉は中突進隊作間聯隊とともに、インパールへむかっていた。彼の率いる山砲兵第三十三聯隊第一大隊は、きわめて正確な射撃でめざましい戦果をあげ、師団内で「三澤山砲」の勇名が高かった。

三澤大尉は前途を楽観していなかった。むしろ悲観していた。彼はいう。

「日本の兵は敵とは比較にならない強兵だ。命令を受領すれば、命を捨てて目的を遂行する。銃砲撃の技術も精妙で、無駄な射撃はやらない。

それに比べると、英印軍は箸にも棒にもかからない弱兵だ。射撃は下手で百発一中だ。しかしこちらが一発必中で、一日に五十発撃っても、相手が終日休みなく砲爆撃をくりかえしてくると、前進の足をとめられる。

戦線が膠着《こうちゃく》していると、敵は砲爆撃でこちらのたこつぼ陣地を根こそぎ叩きつぶしておいて、重戦車を先頭に俺たちを全滅させようと出撃してくる。だが、臆病な奴らだから、こっちから白兵戦をしかけると、泣きながら退却する。

まったく笑い話のような戦闘だが、こっちは弾薬さえ常に節約しなければならない状態だ。飯は一日四合の定量の三分の一となり、やがて六分の一となってきたので、対空見張りの兵が大声を出せなくなり、両手で腹をおさえて、『空襲』とかぼそい声をふりしぼっている。

こんな有様で、作戦通りに敵を包囲したところで、たちまち突きやぶられるよりほかはないんだ」

作戦の失敗を見通していた三澤大尉はまもなく銃創を負い、四月初旬に後送され、二カ月間病院で治療をうけ、六月に原隊に復帰することになった。

戦闘がもっとも激烈であったこの時期に入院していなかったら、大尉は命を落としていたかも知れない。

第三十三師団右突進隊は、歩兵団長山本募少将の指揮する歩兵第二百十三聯隊を基幹とする、インパール作戦に参加した全軍のうち、もっとも強力な火力突進隊であった。

歩兵は七個中隊であるが、戦車第十四聯隊（中、軽戦車三十余輛）、独立速射砲第一大隊（八門）、山砲兵第三十三聯隊第二大隊（十二門）、野戦重砲兵第三聯隊、同第十八聯隊（十五センチ榴弾砲八門、十センチカノン砲八門）という重装備である。

右突進隊は三月八日、ヤザギョウ、モーレイクの根拠地を発進し、カボウ谷地を北上して三月十一日にウイトックに達した。まずウイトック側衛陣地と五キロ西方のモウの敵陣地を攻略した。

山本少将は、ウイトックの堅固な要塞に拠っている敵が、いずれインパールへ退却するものと見て、歩兵第二百十三聯隊第三大隊、山砲第二大隊を伊藤少佐の指揮下に置き、本隊の西方チャンポールからライチン、マイビ道を北上させ、約五十キロ北方のシボンへ進出させ、ウイトックから北三十キロのモーレ要塞からインパールへ通じる街道を封鎖しようとした。

伊藤部隊は十五日夜、出発した。山本少将は伊藤部隊が前進した三日後の十八日夜、ウイトックを全力攻撃し、十九日朝までに完全に占領した。

少将は三月二十日、野戦重砲兵第三聯隊光井中佐に戦車、重砲、独立高射砲部隊を指揮させ、光井支隊としてウイトック北方三十キロのタム、モーレの敵要塞攻撃に前進させた。

少将は光井中佐にいった。

「俺は聯隊の第五中隊を前衛とし、旅団司令部を率い、伊藤部隊のあとを追い、西へ迂回する。君たちがタムを占領する頃は、俺たちはタムからインパールへむかう街道を遮断しているよ」

伊藤部隊は西方の山中を北へむかい急行していた。

路面の至るところに時限爆弾が突っ立っていて、常時警戒を強いられる。

敵は日中は絶え間なく爆撃をおこなう。戦闘機が両翼に一発ずつ装着している五十キロ爆弾であるが、爆発すれば五、六人は吹き飛ばされる。

この邪魔物のために、日本軍は夜間の補給もおこなえなくなる。犠牲になるのは工兵隊である。彼らは夜になると二、三人でいつ爆発するか分らない時限爆弾を掘りおこし、谷間へ捨てにゆく。

「危ないことを、まったくすまないな」

附近で大休止をしている歩兵たちは、礼をいいつつも、手に汗を握る思いであった。

「いや、どうせ長くはもたない命だ。ながく苦労をつづけるより、ひと思いにあの世へいっちまったほうが楽だ」

工兵の作業中、突然地鳴りとともに土煙が立ち、数人が空中に飛散する事故がたびたびおこっていた。

三月二十四日、シボン西北約十キロのアンブレッシュに到着した。さっそくシボン橋梁《きょうりょう》攻撃の偵察隊を出したが、附近の峡谷はきわめて険しく、街道、橋梁附近には敵の大部隊、戦車群が厳重な警戒をしている。

アキャブ作戦の際、戦功をたて、軍司令官感状を受けた歴戦の伊藤少佐は、シボンを強襲すれば三澤大尉のいう通り、栗のイガをてのひらに突き立てるような大損害をこうむると判断し、バレルに近いチャモール附近で街道を封鎖することにした。

三月二十二日、光井支隊の戦車第十四聯隊は、タム要塞の南六キロの地点で、敵M4戦車と遭遇し、はじめての戦車戦闘をおこなった。その結果、敵戦車一輛を破壊したが、わが軽戦車は全滅した。

軽戦車は装甲、構造が歩兵部隊支援を目的としたもので、搭載三十七ミリ砲の射撃は正確であったが、M4戦車の装甲にはねかえされ、敵の七十五ミリ砲で簡単に薄い装甲を貫通され、炎上した。

敵は戦車砲のほかに、日本軍がはじめて見るバズーカ砲を駆使して、応戦してきた。

この頃、第十五師団は第三十三師団の北方、第三十一師団はさらにその北方に展開し、チンドゥイン河を渡河し、国境を越え、インパール北東五十キロのウクルルへ突進していた。

第十五師団の歩兵第六十聯隊第一大隊（吉岡大隊）は、師団の左側背を掩護しつつカボウ谷地へ進出していたが、第十五軍司令部は同大隊にモーレの敵陣地攻撃の命令を下した。

山本少将はモーレの敵陣が堅固な蜂の巣陣地であるため、第十五師団の一個大隊の応援を得ようとしたのである。

吉岡大隊は二十一日に方向を南へ変更し、約三十キロ南下して二十二日正午にモーレ北方の高地に到着した尖兵《せんぺい》中隊が、独力で突撃を敢行し、敵陣の一部を占領したが、死傷者続出して後退した。

大隊主力は同日の日没とともに夜襲をおこなったが頑強な防備を突破できなかった。第十五軍司令官は、三月二十三日に山本少将の率いる第三十三師団右突進隊を、軍直轄の山本支隊とし、吉岡大隊を第十五師団から同支隊に転属させた。

第十五師団は、インパール攻撃に際し急遽《きゅうきょ》編成した混成軍団であったが、吉岡大隊を手離したため、歩兵が五個大隊に減ってしまった。

山本少将は吉岡大隊を得て、モーレの堅塁にたてこもる敵を強攻し、損害をふやすよりも、モーレとバレル、インパールをつなぐ街道を封鎖するほうが、敵の動揺を招くと考え、吉岡大隊をモーレ西北二十キロのシタチンジャオに向わせた。

一週間が過ぎ、敵は動揺を見せなかったが、三月三十日になって突然バレル方面へ退却をはじめた。そのいきおいは、吉岡大隊が遮断できるようなものではなかった。

側面攻撃をしようとすると、ポンポン砲と日本軍が名づけた迫撃砲を豪雨のように発射し、重機、擲弾筒を主力武器とする歩兵隊が白兵戦闘にもつれこむ余地はなかった。

モーレの敵部隊は、火砲、戦車、車輛を続々とつらね、無疵《むきず》のままバレルの前衛陣地であるテグノバールに入った。光井支隊は三月三十一日朝、無人のモーレ要塞を占領した。

山本少将は破局が眼前に迫ったのを感じとった。

「これでは敵の策に乗せられていることになる。テグノバールからバレルに集結した敵は無疵のインド第二十師団の一個旅団だ。いまの山本支隊があいつらを攻撃すれば、包囲しつつ玉砕することになりかねないぞ」

テグノバールは、一帯の高地に敵陣地が分布されていた。コンクリートで固められた陣地内の道路は、すべて舗装されているのが双眼鏡で視認された。

陣地の数は十カ所以上、尾根の上にある縦深陣地で、両側はきわめて深い峡谷になっていた。

伊藤大隊は四月八日からテグノバール陣地に、夜襲を開始した。約二十分間の砲兵隊の重砲射撃によって敵火線を制圧したのち、大隊が突撃したが、照明弾を撃ちあげられ、昼間のような明るさのなかで重機、迫撃砲の猛射をうけ、死傷続出して後退した。

山本支隊は強力な砲兵団で山頂の敵陣地を破壊しようとしたが、敵の火力は数倍に及び、夜襲の将兵がなぎ倒される有様は、大隊本部から手にとるように見えた。

伊藤少佐はテグノバール南西の高地に、あらかじめ第十一中隊を派遣していた。前島中尉の率いる中隊は、三月二十六日に目的の高地を占領し、前島山と称したが、連日の砲撃のもと、死守しつづけている。

伊藤部隊は深刻な損害を受けつつも、連日夜襲をくりかえした。英印軍は日本軍とは桁違いの装備で兵を動かさないで、火力によって勝負の決着をつけるつもりのようであった。

チャモールの山本支隊本部、日本砲兵陣地を狙い撃つ敵砲弾の数は日に三千発から四千発であった。彼らは日本飛行隊がめったにあらわれないので、高射砲の砲身を寝かせて射撃した。照準はきわめて正確である。

日本軍陣地の上には、サンダーボルトと呼ばれている観測機が、飛んでいるのか静止しているのか分らないほどのスピードで地上を見下《みお》ろし、絶えず自軍の砲兵隊に目標の位置を通報している。

山本支隊長は、麾下《きか》部隊が敵陣のなかに身をさらして、将棋倒しになる情景を見ようともしない。彼は崖下の、敵弾が絶対に命中しない場所を選び、横穴壕を掘らせ、入口の周囲を巨石で囲み、その前のテントのなかにテーブル、椅子を置き、司令部の標識を掲げていた。

少将は部下から戦況報告をうけているとき、砲弾の飛んでくる音がすれば、たちまち壕内に飛びこむ。

彼は連日従兵たちに、きわめて深い谷底の小川に水を汲《く》みにいかせ、ドラム缶の風呂に入る。モーレからの糧食、弾薬輸送は夜間順調におこなわれていたので、一日四合の定量が兵たちに与えられていたが、少将には三人の料理人がついていた。

一人はコックをしていた捕虜のインド人、ほかに日本で西洋料理店を経営していた召集兵、日本料理の板前であった召集兵である。

食材を集めてくるのは専属副官の大尉で、附近の住民から野菜、鶏、豚を買い集めてくるのである。

伊藤大隊はテグノバール諸高地の陣地へ、どれだけ損害がふえても夜襲をくりかえす。山本少将は血みどろになった負傷兵を担いで帰ってきた大隊の将兵を、狂気のように罵倒《ばとう》した。

「バレルの前衛陣地ごときを占領するのに、幾日かかっているのか。腑抜《ふぬ》けどもが。軍司令部からは、損害をかえりみず、一時も早くバレルを陥れ、インパールへなだれこめと、矢の催促だ。この状況では祭（第十五師団）、烈（第三十一師団）に先を越されるぞ。そうなってもいいのか。恥を知れ」

伊藤部隊は死にもの狂いの夜襲をくりかえし、十一日に石切山、十二日に三角山の二拠点を占領し、十四日にその後方の擂鉢《すりばち》山、掩蓋山を落した。

だが掩蓋山後方の前島山を三月二十六日以来占領して、敵の攻撃をしりぞけていた前島中隊は、激甚な敵の砲爆撃によって四月十一日、全陣地を爆砕され、玉砕を遂げた。

伊藤部隊は十六日未明、重砲射撃開始とともに突撃、前島山をふたたび占領した。

英印軍は前島中隊の最期を見て感動し、前島山を日本山と名づけたという。

四月二十一日、伊藤部隊は戦車聯隊の協力を得て、前島山北方の一軒屋高地を攻撃、夜半に至り占領した。この攻撃に際し、戦車聯隊はまったく威力をあらわせなかった。険しい地形のため、戦車の道路外の行動は封じられ、先頭車は迫撃砲、速射砲の集中射を浴びて擱坐《かくざ》した。そのため後続の戦車は前進できなくなり、引き揚げざるをえなかった。

山本少将は激怒した。

「戦車聯隊が総出動してそのざまか。それで決死の戦意ありといえるのか」

戦車聯隊長は血相を変え、いい返した。

「失礼だが支隊長殿は本部壕から一度でも出られたことがありますか。部下が屍体の山を築いて攻撃している状況を見れば、情が移るから見ないのだなどといって、ほんとうはただの臆病者だ」

「なんだと」

少将が刀の柄《つか》に手をかける。

戦車聯隊長はあざ笑った。

「あなたに私を斬る度胸があるなら遠慮はいらない。斬って下さい。だいたい支隊長ともあろう者が、今夜の襲撃地の地形をまったく見たこともなかったのが、失敗の原因だ。あの険しい斜面で、戦車隊の活動できる余地があったたか、なかったたか、いまからご自分でいって見てこられるがよろしい」

山本少将は沈黙した。

歴戦の大隊長として勇名高い伊藤少佐は、少将に進言した。

「大隊の突撃戦力は八百名を超えていたのが、いまはわずかに八十名になりました。この突撃力では今後正面攻撃をくりかえしても成功の見込みはないと、判断いたします」

五月になって牟田口司令官から山本少将に督促電文が届いた。

「貴支隊はすみやかにバレルへ進出すべし」

伊藤少佐の進言に怒った少将は、その後副官に伊藤大隊を率いて陣地攻撃をおこなわせ、副官が負傷すると本部付の大尉に指揮をさせた。

伊藤少佐と口もきかなくなった少将は、牟田口司令官の要望に応じ、吉岡大隊にバレルの北東方からの攻撃を命じた。

吉岡大隊はバレル北東のランゴール陣地を夜襲占領したが、夜が明けると火砲、戦車、飛行機の凄《すさ》まじい攻撃がはじまったので、たちまち退却した。陣地にとどまれば玉砕するのは必至であった。

テグノバールの一つの陣地を取るためには、二度、三度夜襲をくりかえし、ようやく足場を確保する。占領した場所に踏みとどまる兵は猛烈な砲爆撃に死傷者が続出し、潰滅することになる。

山本少将は一度攻撃を命じた部隊が目標陣地を占領確保するまで、幾度でもくりかえし突撃させた。攻撃に失敗した指揮官は、支隊本部に呼ばれ、ちいさなテントのなかで幾日も一人で静座させられる。

そのあとで最後の突撃の命令をうけ、悲壮な顔つきで自隊へ戻っていった。将兵はどうせ死ぬまで突撃させられるのだと、自暴自棄になっていた。

突撃で負傷し、後送され入院し、回復すると前線へ戻る。三回、四回と入院、復帰をくりかえすと、戦死するまで戦わされる運命だとあきらめてしまうのである。

兵隊はジャングルの生活で皮膚病に冒され、青や緑の瘤《こぶ》が散らばった顔は土色で、青年とも思えない生気のない皮膚のなかに、眼だけが狂気のように光っていた。

山本少将は各部隊の攻撃が失敗をくりかえすうちに、伊藤少佐を呼び、テントの中で長時間待たせたあげく、これまでの攻撃が不手際であったと罵《のの》り、最後の突撃を命じた。

「こんどの攻撃で、貴様のこれまでの腰抜けぶりをつぐなうはたらきを見せて、見事に死んでこい。預っておいた軍旗は返してやる」

伊藤大隊は第三十三師団歩兵第二百十三聯隊の主力大隊であったので、聯隊軍旗を奉持していたが、少将はそれを取りあげ、本部に置いていたのを返したのである。

伊藤少佐は本部将校たちにささやいた。

「軍旗を奉じて、どうしても死ねということだね」

伊藤大隊八十名の生き残りの将兵は、たこつぼ壕に入り、三、四十メートルの距離を置き、英印軍とむかいあっていた。

日没後、予備隊が握り飯と水筒を入れた樽を背負い、壕に配ってまわった。翌朝、伊藤大隊は最後の突撃の準備をした。

午前八時に重砲隊が突撃支援射撃をおこなう予定であったが、午前七時半、三機の英戦闘機があらわれ、重砲陣地の上を旋回し、砲の位置を探しはじめた。もし発見されると、十八門の重砲は敵の集中射撃をうけ、全滅する。

だが重砲隊は三機編隊の敵機が頭上を飛び去るごとに、一発ずつ発射し、敵陣は黒煙に包まれた。編隊がやってくると静かに待っていて、通過するとまた一発ずつ撃つ。

伊藤大隊は剣をひらめかせて、突撃していったん陣地を占領したが、戦車群を囲んで逆襲してきた英印軍大部隊に対抗できず退いた。

伊藤少佐は支隊本部に呼ばれ、山本少将に口をきわめて罵られた。

「生きて退却するとは、見下げはてた奴だ。どの面《つら》さげて、冥途《めいど》で部下たちに会うつもりだ。貴様のような奴を犬侍というのだ」

伊藤少佐は一言も抗弁せず、黙々として前線にひきかえした。

数日後、少佐に大隊長解任の命令が下った。いったん占領した陣地を奪い返されたことが、戦場放棄であるとして、命令違反の罪で軍法会議に附されることになったのである。

勇名高い伊藤少佐は戦場を追放された。実状を知っている将校たちは少佐とかたい握手を交した。少佐の頬に涙が光っていた。

伊藤少佐が解任されたあと、山本少将は三角山とバレルの間をむすぶ尾根の最高峰である、ライマトル・ヒルの攻撃を、吉岡大隊に命じた。

大隊は一度の突撃で山頂陣地を占領したが、英印軍の砲撃によって将兵はたちまち玉砕した。

山本少将はまもなく無事に日本へ帰国し、昭和二十年四月、本土防衛決戦兵団が編成されると、第二百十四師団長に親補《しんぽ》され、中将に昇進した。


第三十三師団の中突進隊（歩兵第二百十四聯隊作間部隊）と左突進隊（歩兵第二百十五聯隊笹原部隊）は、軍司令部の指令によりシンゲル、ムアルカイ附近を三月三十日に発進し、一気に北上してビシェンプールの敵陣地を占領したのち、インパール平原に出る予定であった。ビシェンプールからインパールまでは北へ三十数キロである。

ビシェンプールへむかう街道は笹原部隊が進み、作間部隊は街道東側の険しい山道を進んだ。

笹原部隊は四月六日、ビシェンプール南方二十五キロのトルボン要塞を攻撃した。トルボンは道の両側に山が迫り、隘路《あいろ》であった。

笹原大佐は敵陣の両翼を挟むように攻撃した。トルボンの敵は小規模な部隊で持ちこたえられず、ビシェンプール方面へ退却していった。

作間部隊は、険しい山道を辿《たど》ったので、笹原部隊に遅れ、（四月十日夜）トルボンに出て、しばらく本道を辿り、左折してまた山中に入り、ビシェンプールをめざし北上していった。

四月十五日、作間部隊はビシェンプール南西十キロのインゴロークに到着。街道を進んだ笹原部隊は、逃げる敵を追い、十四日にはモイラン、十九日にはビシェンプール南方十キロのニンソウコンまで北上した。

柳田第三十三師団長は笹原部隊の後方に続き、独立工兵第四聯隊、歩兵第二十五聯隊砂子田《いさごだ》大隊、第十一中隊を直轄し、ビシェンプールにむかっていた。

柳田師団長は、強固な円筒型蜂の巣陣地に拠り、強力な火器を備える敵陣に、制空権のない日本軍が微弱な砲兵掩護射撃のみを頼りに、銃剣突撃をおこなうのは自殺行為にひとしいという、現代的な戦術感覚を持つ人物で、麾下部隊の身命をかえりみない強攻を、できるだけ制止しようとした。

だが遠い中部ビルマのメイミョーの、第十五軍司令官からの督促電命をうけていた。

「第十五師団主力はインパール北方山地へ進出した。第三十一師団は四月六日にコヒマを占領したのち、インパールをめざし南下している。第三十三師団もただちにインパール攻撃に向え」

笹原部隊は十三日夜からビシェンプール西方のコカダンを守備していた敵を一蹴し、十五日朝、ビシェンプールの西八キロの地点にある前衛陣地に襲いかかり、敵を潰走させ、十五日朝にはコカダン北方二キロのガランジャール要塞に突撃した。

山道を下りるとき、インパール盆地がはるか右前方にひろがっていた。濃尾平野ぐらいだと聞いていたが、ログタク湖という大きな湖が、白く光っているのが見えた。

笹原部隊は十五日から二十四日まで夜襲を反復したが、敵は照明弾を打ちあげ、日本兵の所在をたしかめるとポンポン砲、重機を豪雨のように撃ちこんできて、M4戦車の群れがあらわれる。

日本軍はすべての攻撃手段を封じられ、かろうじて蹂躙をまぬかれ、後退した。

作間部隊が戦場に出たのは十六日未明であった。頂上に数本の松があり、「森の高地」と呼ぶことにした小山へ第一大隊第二中隊が登ってゆくと、突然頂上から猛射をうけ、先頭を進む斎藤大隊長が負傷し、五人の戦死者が出た。

中隊はただちに突撃に移ろうとしたが、ただ一輛のM4戦車の銃砲撃をうけ、後退する。あとにつづく第一中隊は、森の高地の東に続くアンテナ高地（頂上にアンテナのポールが立っていた）の敵陣を襲った。

第二小隊の約三十名が突撃すると、敵は機関銃を捨て、森の高地へ退却していった。

両中隊のとりついた稜線は、ビシェンプール方面から集中砲撃をうけ、動けなくなってしまった。森の高地に出た戦車は二台となり、猛烈な砲撃を加えてくる。

この夜襲で斎藤大尉以下九名が戦死し、数名が負傷した。

翌十七日の朝、十時頃に見かけはきわめて貧弱な、英語の文字を機体に書いている観測機があらわれ、旋回している。

まもなく観測用の煙弾が陣地の間近に撃ちこまれ、白煙を吹きあげた。やがてビシェンプールの敵砲兵陣地からアンテナ高地に集中射撃がはじまった。

正確な砲撃で、第二小隊の守る陣地は硝煙に包まれ、地震のように揺れつづけた。森の高地からはポンポン砲、重機、戦車砲が咆哮《ほうこう》しはじめた。ポンポン砲の迫撃砲弾は破片を広範囲にまき散らすので、きわめて危険であった。

やがて森の高地にいた二台の戦車が、アンテナ高地に襲いかかってきた。兵隊たちは戦車に続いてくる敵歩兵と手榴弾を投げあい、一歩も退《ひ》かない。自決用の手榴弾一発を残し、擲弾筒の榴弾に至るまで投げつくして敵をようやく撃退した。

第二中隊長片桐中尉が森の高地の前線で戦闘指揮をとっている間に、大腿部貫通の負傷をうけ、後送されることになった。歴戦の指揮官を失うことを、兵隊たちは父兄と別れるように悲しんだ。

中隊長代理は、先任小隊長斉藤少尉となった。三月八日、作戦開始の命をうけ、ヤザギョウを発進したとき、中隊の総員は百余名に減っていたが、トイトム、森の高地と転戦するうちに、わずか六十名になってしまった。

中隊とはいうが、実態は一個小隊にすぎなかった。斉藤少尉は、三個小隊を二個小隊に編成を変えた。

四月十八日、配属山砲二門が陣地に到着した。第二中隊は第六中隊とともに森の高地夜襲の命令を受けた。通信隊が有線で攻撃正面と聯隊本部の間をつなぐ。

二個中隊をあわせ、百数十名の兵隊が、闇中を這って敵の鉄条網の手前まで近づき、突撃のときを待つ。やがて午前一時に二門の山砲が五十発の支援砲撃を終えると同時に、突撃をおこなうのである。

作戦開始当初は四門編成であった山砲も、二門に減っている。三澤大尉が大隊長であった時分は、十数キロの山砲弾を三個も自ら担送していたが、いまは発射弾数はわずか五十発である。やがて電話で砲兵陣地へ連絡すると、掩護射撃がはじまった。大砲、戦車の火線が待ちうける森の高地へ、剣付き鉄砲だけを手に突撃するのは自殺行為である。

本部兵器委員の中尉が聯隊副官に申し出て、隊内の手榴弾を、本部当番のものまでかきあつめ、テントで包み、兵器掛《がかり》の吉田軍曹が一キロほどの夜道をよろめき歩き、突撃展開している森の高地の麓《ふもと》の中隊に届けた。

斉藤少尉は高地の様子をうかがいつつ、緊張した声で矢継ぎ早に指示していたが、吉田軍曹が手榴弾の包みをさし出すと、その手を両手で痛いほど握りしめ、非常によろこんだ。

「吉田、よく届けてくれた。手榴弾は一発でも多く欲しかったんだ」

手榴弾は附近に伏せている兵隊の手から手へ渡された。

五十発の山砲支援射撃が終ると、突撃中隊は立ちあがり、鉄条網を破って飛び越える。

たちまち地雷が炸裂《さくれつ》し、兵隊が火柱のなかに倒れる。射撃の閃光《せんこう》の尾を引いている掩蓋陣地に手榴弾を叩きこむと、爆発音とともに敵兵が足をひきずりながら逃げる。

右から第一小隊、指揮班、第二小隊と横並びに斜面を駆け登ってゆく。そのとき、細い光の尾を引いて照明弾が打ちあげられた。

たちまち前方一帯が真昼のような明るさになった。突撃の様子を注視している兵隊たちが気づかわしげにいった。

「こんな明るい照明弾は、見たこともないぞ」

消えかけると、こんどは二発打ちあげてきた。一キロ後方の聯隊本部では、字が読めたという。

中隊は兵員の僅少であるのを見てとられ、敵は機関銃、迫撃砲を突撃兵にむけて乱射し、手榴弾を投げてくる。

先頭に立って突入した中隊長、小隊長の姿はどこにも見えない。敵の散兵壕に飛びこんで軽機を撃っていた兵が、頭を撃たれたのかがっくりと頭を落す。

壕に手榴弾が投げこまれると、誰かが叫んだ。

「足がない。足が」

重傷者は軽傷の兵が引きずって下げている。兵たちは崖道を這いのぼってゆき、山頂に達した。敵の壕内には煙草、缶詰が置き去りにされていた。ベルトをきつく締めないと号令の声も出ない空腹の日本兵は、夢中で缶詰の肉を食った。

猛烈な銃砲声のあいまに、森の向うからエンジン音が聞えてくる。

「敵はもうじき退却するぞ。自動車で逃げるんだ。もうひと踏ん張りだ」

兵隊たちがはげましの声をかけあっていると、エンジン音はこちらへ近づいてくる。

「なんでこっちへくるんだ」

耳を澄ますと戦車のキャタピラのきしむ音が聞き分けられた。

日本軍には対戦車砲がないのを知っている二台のM４戦車は、日本兵の散開している前に停止すると、眩《まぶ》しいヘッドライトをつけたまま、二十メートル前方から、車載機関銃で撃ちまくり、天蓋をあけて手榴弾を投げてくる。

やがて、日本兵のひそむ壕を、つぎつぎに踏みにじりはじめた。敵の砲火が荒れ狂う山頂でほとんどの将兵が死に、わずかな負傷者が麓へ駆け下り、死を免れた。

翌朝、銃声がまばらになって血まみれの負傷兵が六名、森の高地の登り口に腹這いになり、警戒態勢についていた。第二中隊の兵隊である。将校は一名もいなかった。

前夜六十名いた第二中隊は、一夜のうちに六名に減ってしまった。幹部でただ一人の生存者である山川准尉は戦闘に熟練した、機転のきく人物であったが、顎《あご》を吹き飛ばされたので、そのまま山頂の敵壕内で死ぬつもりでひそんでいたが、部下に引き出され、担がれて後退してきた。物量に兵の闘志が通じなかった、惨澹《さんたん》たる敗北であった。

最後の攻撃

五月になって、例年よりも早く雨季がやってきた。

一日のうちに三、四時間豪雨がつづく。頭にあたると瘤《こぶ》ができると地元のビルマ人が冗談をいうほど大きな雨粒が、滝のように降る。

雨があがると数時間は日が照りわたり、蒸し暑くなってくる。こんな天候が四、五日つづいたあと、一日か二日は快晴となる。湿気で呼吸する大気さえ重苦しく感じられ、壕内は飯盒《はんごう》で汲《く》み出さねばならないほど、汚水が溜る。

敵の砲爆撃は、雨中でもおかまいなしに襲ってくるので、兵隊は腰まで水に漬《つ》かり、壕内で身をかがめていなくてはならない。兵たちは破れ靴をぬぎ、はだしで水中にいるので、てのひらや足のうらがまっしろにふやけていた。

汗に汚れた衣服は濡れたままで、夜も野外にいるのとほとんど変らない、雨漏りのひどい草《くさ》葺《ぶき》小屋で眠る。

体が冷えきるので、下痢患者がふえはじめ、チフスに罹《かか》る者がでてくると、たちまち伝染し、血便を垂れ流すようになる。体力が衰えるとマラリア患者もしだいにふえてくる。

雨季になるまでに、森の高地の強襲で笹原聯隊の戦力は急減していた。森の高地を包囲している各中隊の兵力は、もっとも多い第九中隊で三、四十名、他の中隊は十数名になっていた。

雨季のあいだの降雨量は、四千から七千ミリメートルに達するといわれる、世界の最多雨地帯であった。

将校たちは、陣中の小道がいつのまにか泥水をわきたたせる川になっているのを見て、ためいきをついた。

「これからは、戦病者がふえてくるぞ。糧食欠乏で体が弱りきっているから、抵抗力がない」

敵が総攻撃をしかけてくれれば、半日も持ちこたえられない実状であったが、相手は軽機を撃つ音を聞かせてやるだけで、白兵戦をもちかけてくる意欲を失うのか、毎日四、五千発の砲撃と、戦闘機の絶えまない銃爆撃をくりかえすだけで、突撃してこなかった。

作戦開始のとき背負ってきた二週間分の米を、三分の二定量で二十日間食いのばした。そのほかには、戦利品の小麦粉、近くの集落で一週間分の籾《もみ》をもらい、なんとか餓死をまぬかれるほどの粥《かゆ》をつくり、野草をいれて食っていた。

それでも調味料の塩や味噌、わずかながら塩干魚が届く時はまだましであった。その補給もしだいに絶えてきていた。輜重《しちょう》兵中隊が、駄馬二十頭ぐらいを曳《ひ》いて、はるか後方から悪路を踏んでやってくるが、積荷はどうしても弾薬が主になる。一頭に山砲弾十二発を積むのがせいぜいであるので、食糧は兵一人あたりにすると、雀の涙といいたいほどになる。塩は人馬にとって欠かせないものであった。塩を摂取しないと腰が抜けて歩けなくなる。聯隊本部、大隊本部の経理官たちは、附近の村落から、懸命に塩、籾などを買い集めてくるが、ここまでくれば生きて帰れる希望はきわめて薄いと覚悟している兵隊たちは、壕内の汚水に半身を浸し、皮膚病のかさぶたに覆われた体を掻《か》きつつ、話しあった。

「酒は戦力だといわれるが、俺はそこまではいわない。あんころ餅が食いてえなあ」

「うむ、死ぬまえに甘いものを腹いっぱい食えりゃ、満足さ」

彼らはときどき弾薬庫からダイナマイトを持ちだしてかじった。

ダイナマイトは、けっこう甘い。食いすぎても下痢するだけだ。

兵隊たちは自分の壕のうしろに、自分が戦死したときに入る穴を掘っていた。

五月十日、牟田口第十五軍司令官は、第三十三師団長柳田中将を更迭《こうてつ》し、タイ国に駐屯していた独立混成第二十九旅団長田中信男少将を後任師団長とする旨上申した。

上申はただちにうけいれられ、田中少将は新師団長を拝命した。柳田中将が更迭された理由は、戦闘意欲薄弱として牟田口中将に嫌われたためであった。

五月十八日、トラックで前線のチュラチャンプールに着いた田中師団長は、輜重兵第三十三聯隊長からトルボン附近隘《あい》路《ろ》口に進出した、砲を備えた有力な敵二、三千名の攻撃をうけ、甚大な損害をこうむったとの報告をうけた。

聯隊長は五月十七日昼、トルボン附近本道上を敵部隊が占領した情報を得ていたが、兵器勤務隊約五十名により本道沿いに攻撃掩護させ、自動車輜重一小隊（八輛）をモイランまで強行補給させようとした。

だがトラック隊は状況を誤認、敵中に乗り入れ全滅に近い損害をうけた。

敵が展開している陣地は、第十七インド師団がインパールへ退却するまえに構築していた蜂の巣陣地と呼ばれる鉄筋コンクリート製で、五、六百メートルの縦深陣地のため、日本軍の手榴弾と銃剣刺突だけの、戦国時代の合戦のような夜襲など寄せつけない。

田中師団長は、トルボンの本道を敵に押さえられては補給が絶えるので、十八日夜半に、チュラチャンプールに到着した第十五師団歩兵第六十七聯隊第一大隊（瀬古大隊）に、ただちにトルボン攻撃を命じた。

瀬古大隊は兵力の極端に消耗した第三十三師団増強のため、第十五軍命令により第十五師団から転属してきたもので、到着したとたんにきわめて不運な命令をうけたのである。

瀬古大隊の攻撃兵力は約百五十名であった。中隊の戦時編成は約二百名である。瀬古大隊は兵力がきわめて消耗していたのであった。

瀬古大隊はトルボンへ急行し、十九日の夜明けまえに敵陣へ突入した。日本歩兵の兵器は機関銃、擲弾筒《てきだんとう》、小銃で、一、二門の山砲の掩護射撃をうけ、喊声《かんせい》をあげての白兵突撃のほかに、攻撃手段がなかった。

堅牢な蜂の巣陣地に拠《よ》る敵は、近代戦に必要なあらゆる装備をととのえていた。そのうえに戦車、飛行機の傍若無人の攻撃がある。夜襲の効果も、もはやなかった。

昼間のような照明弾の火光で、日本軍の蟻《あり》の一群のような貧弱な隊形がたちまち露呈するからであった。

瀬古大隊は戦死を覚悟して、貧弱な山砲二門の掩護射撃のもとに夜襲を敢行した。考えてみれば成功率ゼロの、数千倍の敵火力にこまぎれの肉片として叩きのめされるための、狂気の突撃であったが、そんなばかげた死にかたをしなければ、大隊長以下全員が抗命罪によって抹殺《まっさつ》されてしまうのである。

空が明るくなる頃、大隊長、中隊長以下将校のうちで、生き残ったのは金子中尉ただ一人。攻撃兵力百五十名のうち戦死五十名、負傷二十名の損害であった。

だが攻撃中止は許されない。二十日の夜明け前、金子中尉が残余の兵を率い、十五センチ榴弾砲一門の掩護射撃で再度突っこんだ。

結果は大損害をうけての敗退である。百五十名の人員を率い、十八日夜第三十三師団増勢隊としてチュラチャンプールに着いた瀬古大隊は、二度の夜襲によって戦闘要員十九名となった。一個分隊強の戦力である。

田中師団長は、二十日にチュラチャンプールに着いた増勢隊の第二十八軍第五十四聯隊第二大隊（岩崎大隊）を、トルボンへ走らせ、金子中尉の戦力を増強させた。

田中師団長は二十二日モローの軍戦闘司令所で、牟田口軍司令官に着任申告ののち、同夜、サドの第三十三師団司令部で、前任者柳田中将から戦況についての申し送りをうけた。柳田中将は田中師団長に語った。

「前線の兵は潰滅状態で、補充兵、増勢隊の到着は遅々として望めない。雨季に入ったので各道路の通行は寸断され、兵器、食糧にもこと欠く第一線の将兵は、栄養失調で戦力も衰えるいっぽうだ。

このままでは、小銃弾、手榴弾にも不足する将兵に白兵戦を強制し、いたずらに損害をふやすばかりである。

敵は落下傘、グライダーによる空中給輸で、密林内に続々と堅固な要塞を築き、戦車、火砲の数をふやしている。密偵の探査によれば、彼らは陣中にバーを設け、午後五時以降は酒宴を楽しんでいるようだ。

現況のまま推移すれば戦況は刻々不利となり、全滅は時間の問題だろう」

田中少将は柳田中将が前任師団長として内心をうちあけたとき、それを秀才の弱音に過ぎない、この男は武人ではないと見たが、前線を視察すると、このまま戦闘を続行すれば第三十三師団は全滅するしかないという実感が、身に迫ってきた。

作戦は完全に失敗していた。北部、中央、南部と三方向に分かれ、インパールを蹂躪《じゅうりん》するため犠牲を厭《いと》わず前進していた第三十一、第十五、第三十三の三個師団は、兵員を消耗しつくし、弾薬、食糧は尽きかけている。五月末には、日本軍の前線は総崩れになると田中少将は見た。

作戦挫折の責任は、戦線の実状を視察することもなく、敵の大機械化部隊に夜間の銃剣突撃のみで攻撃を強制した牟田口総司令官にあるのは、歴然としていた。

三個師団の若者を死地に追いやり、敵の火砲の餌食《えじき》として反省すらしていない牟田口以下軍司令部の参謀たちは、人の生血《いきち》をすする地獄の悪鬼にひとしいと、田中少将は思った。

連日の豪雨で後方との連絡道路はぬかるみが深くなり、餅のように足にねばりつく。補給は減ってゆくいっぽうであった。

五月十八日、作間聯隊第一大隊は、ビシェンプール西方三キロのガランジャール、森の高地を攻撃していたが、雨中聯隊本部に帰るよう命ぜられた。

本部に到着すると、第一大隊長代理松村大尉から隊員に命令が通達された。

「明十九日夜、わが第一大隊はビシェンプールに突入。陣地を確保して、ガランジャール方面より進出する笹原聯隊、インパール道を北上する砂子田大隊とともに、インパールへ突入する」

第一大隊は総兵力七十名。定員の十分の一に激減していた。各中隊は十六、七名と一個分隊ほどの兵力を残すのみであったが、聯隊の後方勤務者、本部要員、病院退院者などをかき集め、総数三百八十名となった。

大隊長は森谷大尉が新任となった。

ビシェンプールの蜂の巣要塞には四個師団以上の敵が布陣しているという。彼らの火力はこちらの数千倍である。重砲、野砲、迫撃砲が終日射撃をつづけていた。戦車は二百台ほどもあるという。

そこへ銃剣突撃を敢行するのは、火中の栗を拾うというような、なまやさしいことではない。

大火災のなかへ身を投げいれるにひとしい、絶望的な行為であった。

だが国家のために命を捧げねばならない若者たちは、かならず死ぬと分りきっている前途へ突進するほかに、撰《えら》ぶべき道がない。彼らは十九日朝、豪雨のなか、聯隊本部に到着して、おそらく最後となるだろう突撃のための支給品を受領した。

小銃弾は一人につき百二十発、手榴弾一個である。弾薬が極度に払底しているので、これだけしか支給できない。あとは敵陣を占領して、彼らの武器弾薬を奪うしかなかった。

魔物のようにおそろしい戦車に対しては各中隊に一、二発の破甲爆雷が支給されただけである。

食糧は三分の一定量の米と乾パンが三日分である。それだけの食糧を食いつくすまで生きてはいないだろうと、兵たちは考えていた。大隊の主な火器は、それぞれ数挺の軽機、擲弾筒で、ほかには重機二挺のみであった。日露戦争当時の装備とたいして変っていない。

英軍は制空権を完全におさえ、日本軍の動きは偵察機がすべて捉えている。火器に至っては、日本兵がはじめて見るロケット砲などまで、各種火砲をおびただしくそなえており、それを用いる兵数が、まともに考えれば攻めてゆくのがばかばかしいほどの、四個師団である。

だが、はるか後方にいる第十五軍総司令官の命令によって、正気の沙汰《さた》ではない滑稽《こっけい》至極とさえいえる行動をとらされる日本兵たちは、それが自分にとって避けられない運命であると、あきらめていた。

第一大隊がビシェンプール市街突入に成功すれば、インパールから英軍が救援に駆けつけてくるにちがいない。そのとき、第二大隊約五百名がビシェンプール北東十キロの、二九二六高地を占領して、街道を封鎖する。作間聯隊長は第十五軍命令が実現不可能であるとしても、拒否しなかった。

日本陸軍軍人は上官の命令を、いかに愚劣であってもうけいれて死ぬしかなかった。敵に降服して捕虜になり、生きながらえるという選択は、絶対にできない。それは日本国民でなくなることだった。

十九日は休養し、翌二十日の夕刻、ビシェンプール東北四キロの小高い丘上で、森谷大隊長は敵陣突入の要旨について説明した。

「ビシェンプールに到着するまでの行軍隊形は一、二、三中隊、大隊本部、第四中隊、機関銃中隊、歩兵砲、工兵隊の順で縦隊。到着後は横隊で突入する。大隊長が手榴弾を投げると同時に全員が投げ、突撃する。

陣地はインパール道と、西方シルチャーへむかう道路の三叉路分岐点を確保する。細かい指示は、占領したのちにする」

占領できるか、もしできたとしても翌朝になれば敵の砲弾で畑のように耕されてしまい、地面にしがみつき生き残っている者は、戦車の火焔放射器で焼き払われてしまう。悲惨な運命が待っていても、後退命令が出ないかぎり、全滅するまでたこつぼ壕に踏みとどまっていなければばならない。

英軍は装備にすぐれているだけではなかった。五月四日に、ガランジャールのトーチカ攻撃をおこなったとき、不意をうたれた彼らが、泣きながら遁走《とんそう》すると思っていたのが、案外命知らずの白兵戦を挑んできた。

ガランジャールのトーチカは英軍白人部隊が、ブルドーザー、ショベルカーなど日本兵が見たこともない土木機械を駆使して、掩蓋《えんがい》陣地を構築していた。

雨があがり、日が照り渡ると上半身裸になり日光浴をする。食事のときはビール、ワインなどを飲み、パーティのようにレコードをかけて空騒ぎをする。

こちらをあまりにも見くびったふるまいに怒った山砲大隊、聯隊砲が残弾を数えながら正確無比の射撃をすると、彼らはあわてふためきトーチカに転げこむが、たちまち何千倍もの砲爆撃のお返しがきた。

このため第一大隊第三中隊が五月四日の深夜、工兵隊の破壊筒により鉄条網を完全に破壊し、夜襲をしかけた。戦死者は六人出たが、白人部隊の掩蓋陣地を完全に占領した将兵は、ひさしぶりに溜飲を下げた。

負傷者は上田中隊長以下四人、いずれも重傷で、後方病院で治療をうけるうち亡くなった。

中隊の損害は多かったが、白人将兵の戦死者は、二、三百人に達し、山のように積みかさなっていた。

空が白みはじめた頃、重傷を負いつつも白兵戦をつづけていた上田中隊長が呼んだ。

「誰かきて、壕内をしらべてくれ」

軽機手の上等兵が駆けつけると、壕内へ白刃《はくじん》を突っ込んでいる中隊長が、そのままの姿勢でいう。

「壕内で物音がしたので、突っこんだが抜けなくなったんだ」

上等兵はマッチの火を借り、壕内をのぞきこむと、白人兵が両手で中隊長の刀身を握りしめていた。

土埃に汚れた手套《てぶくろ》をはめているので、握っても手が切れないのである。

上等兵は腰の拳銃を抜き、叫んだ。

「サレンダー（降服しろ）」

だが首を振って応じない。傍《そば》にもう一人白人兵がいて手榴弾を投げようとしかけたので、やむをえず射殺した。

上田中隊長は壕内からの狙撃で、味方に損害がふえてきたので、大声で命令した。

「各トーチカを再点検せよ。生存者がいるときは降服をすすめ、応じない場合はただちに射殺せよ」

兵隊の一人が英軍の懐中電灯を拾ってきて、各壕を調べてみると、手榴弾を一発投げこまれただけでは、死傷者が一、二名で、三人も生き残っている壕があった。

彼らは自動小銃を構え、土煙をたて射撃してくる。「サレンダー」と叫び、降服をすすめるが、靴さえすりへって手製の草鞋《わらじ》をはいている痩せこけた日本兵を嘲《あざ》けるばかりであったため、ふたたび手榴弾を投げこみ、駆け出してくる者は銃剣で刺殺した。

第一大隊長斎藤大尉は、このとき敵の機関銃掃射を浴び戦死した。

新任の森谷大隊長に率いられ、小雨が降りつづく闇黒《あんこく》の野道を目標地点のビシェンプールの丘にむかう将兵は、いままで死闘の体験をくりかえしているので、血戦を目前にして冷静を保っていた。

丘陵を下り、インパール道を横断、湿地を二キロほど東へ進み、腰まで水に漬かる水田を五百メートルほど渡って方向を南へ変えると、ビシェンプール丘陵に到着した。

小雨はあいかわらず降りつづいている。

各隊は横隊に隊形を変えた。大隊長の説明によると第一大隊は敵陣後方から内面攻撃をする。同時に正面から戦車隊が攻撃、側面から第三大隊が攻撃することになっている。作間聯隊が全力をふるって四個師団の敵が待ちかまえる、蜂の巣陣地を奪取するのである。

常識のある軍人であれば、この作戦が自殺行為であることは知り抜いている。無謀な戦闘をくりかえし、聯隊、ひいては第三十三師団が完全に蒸発してしまうまで、第十五軍は前進命令のみをくりかえす。

人情も慈悲心もあったものではない。インパール作戦を発起させたうえは、断じて麾下《きか》軍団を敗北、退却させてはならない。退却させるよりは地上から消滅させねば、軍団総司令官以下、参謀たちの責任が問われるのである。

第一大隊がビシェンプールの丘を登ってゆくと、有刺鉄線を張った陣地が見えてきた。その奥に二メートル幅ほどの溝が掘られていて、さらに溝から数メートル奥に幾棟かの幕舎が見えた。

後方陣地であるので、トーチカはないようであった。工兵隊が鉄条鋏《てつじょうばさみ》で鉄条網を切り落し、突入口をつくる。

機関銃隊がまず溝を渡り、重機、軽機を据えようとして、水深が胸まであるのにおどろいた。

「こりゃいかんぞ。突撃前にクリーク（溝）を渡っておけ」

闇のなか、物音を忍び全隊がクリークを渡った。

大隊長が各隊の準備が整ったのを確認すると立ちあがり、手榴弾を敵の幕舎へ投げこむ。つづいて三百八十名全員がいっせいに投げた。

重機、軽機が乱射され、敵はうろたえてさかんに照明弾を打ちあげた。真昼のような光りに照らしだされたので、浮き足立った敵はさらに不利になった。

白兵戦がはじまった。若い兵士は身内に溜った恐怖心が一瞬に燃えあがる敵愾心《てきがいしん》に変り、手榴弾を投げ、銃剣で突き刺し、刀で斬りまくる。

馬のいななきがわきおこり、ここが駄馬部隊の陣地であったと兵たちは気づく。

敵の照明弾が右手道路でつづけさまに打ちあげられ、敵歩兵部隊が密集隊形で急速に接近してきた。このときも照明弾が敵に災いした。台地上に据えつけた機関銃が咆哮《ほうこう》し、敵兵は将棋倒しにされ退却していった。

日本兵は倉庫を発見するとたちまち手榴弾を投げこみ、数名の敵兵を倒し、自動小銃、弾薬、食糧を天幕に包み、引きずって帰った。

第一大隊は一時戦闘指令所を占領した。

奇襲攻撃がなんとか成功し、各隊が集結を終えた頃、大隊本部、第一、第二中隊、機関銃隊との連絡がとれなくなった。

夜が明けると、戦闘によって英軍の幕舎は完全に破壊されており、黒人兵、白人兵の屍体が山のようにうずたかくかさなっている。

第一大隊の十倍以上もありそうな戦死者を見た日本兵は、このあとの攻撃がすさまじいものになると覚悟した。兵隊たちは二人で一個のたこつぼ壕を掘った。

「できるだけ深く掘れ。一センチでも深いほうがいい。戦車がきたら、こっちは打つ手がないんだ」

夜が明けると、敵の偵察機が飛んできてしきりに第一大隊の布陣の様子をうかがい、低空で旋回する。

敵歩兵部隊があらわれ、手榴弾を雨のように投げてくる。第一大隊のたこつぼ壕には、古参兵と初年兵が入っている。古参兵は激戦に慣れていない初年兵をかばいつつ、飛んできた手榴弾を投げ返し、必死に生きのびようとするが、つかみそこねて血を噴き戦死してゆく。

敵陣に突入したとき戦死した味方の将兵の屍体は、ほとんどが腹部貫通銃創で、白兵戦のとき自動小銃で倒されたものであった。

インパール道方面から攻撃するはずの砂子田大隊は夜襲を決行しなかった。前途を敵に塞がれたのである。

第一大隊は敵陣を占領したものの、完全に敵に包囲された。砲爆撃、戦車攻撃で全滅の運命が重い垂れ幕のように眼前にぶらさがっていた。

午前六時半、兵隊たちは食事をとり、みじかい煙草を分けあい、おそらく最後となるだろう喫煙を楽しんだ。

「エンジンの音がするぞ。戦車だ」

インパール道の方向から敵戦車六輛があらわれ、第一大隊のたこつぼ壕を狙い、わずか二、三十メートルの距離で射撃を開始した。

発射音より炸裂弾《さくれつだん》のほうが早い、万雷のとどろくような音とともに、壕壁にしがみついていても体を揺りあげられるような震動のなかで、兵隊たちは生死の境をさまよう気分を味わう。

キナ臭い死のにおいがしている。それは自分の呼吸のにおいであった。全身の毛孔《けあな》が恐怖に盛りあがっていた。

砲撃がやむと、英兵の騒々しい喚《わめ》き声が聞える。わずかに頭をあげると、敵の歩兵部隊が眼前の斜面に散開していて、トラックに前夜の戦死者と馬の屍体を収容している。

六台の戦車は砲塔をあけ、搭乗兵が辺りを見回している。やがて彼らは作業を終え、去っていった。戦車もいなくなった。

雨がやんで薄陽がさし、蒸し暑さがつのってきたが、兵たちは前夜から一睡もしていなかったので、死ねばそれまでと思いきって熟睡した。

第四中隊の人数は十四、五名に減っていたが、布陣した位置は右第一線で、インパール道方向に軽機を据えた。左右五メートル置きに壕を掘らせ、古年次兵と新兵を組みあわせ、二人で一個のたこつぼを掘らせるのは、前夜と同様にした。

古年次兵は、ここまでくれば命はないものと見きわめているので、壕を掘らない。

「たこつぼの中で死んだって、外で死んだっておんなじさ。アッと思ったときがおしまいだ。死ぬまで水に漬かっていたかあねえよ」

古年次兵はそういって、斜面に腰を下し、頭から天幕をかぶって遺棄屍体のような格好で寝ころんでいるが、敵があらわれたときは、きわめて敏捷《びんしょう》に地物《ちぶつ》を利用して、正確このうえない射撃をする。

度胸があるというよりも、死んでいった戦友をあまりたくさん見過ぎたので、瞬間に呼吸をとめ、彼岸へ飛び去ることがめずらしい眺めでなくなっているのかも知れない。

彼らは初年兵たちが泥まみれで壕を掘っているとき、敵の倉庫から運んできた自動小銃の試射をしたり、日本軍のものより大型の手榴弾を、体の至るところに一発でも多くぶらさげると、ウィスキーを飲み、チーズやコンビーフをかじり寝転がっていた。

「こいつは、なかなかいけるなぁ」

太身の葉巻を根元まで喫《す》って、眼を細めている者もいる。

第四中隊の位置はインパール道の東側の畑地にあるゆるやかな斜面で頭上にはまったく身を隠す樹木などはない。

「ここは畑だったんだな。戦車や敵機がくれば、大根みたいに泥のなかに根を生やして死ぬか」

軽口をたたく古年次兵に限って、視界が砲煙で閉されてしまう絶体絶命の場に置かれると、鼠のように敏捷に身を動かしつづけ、最後まで生きる努力を欠かさない。

彼らは皮膚病に冒され、アメーバ赤痢の血便を垂れ、いつ脳症があらわれるかも知れない絶望的な状態にありながら、別段死に急がなかった。

第四中隊の十メートル後方に指揮班の散兵壕があり、その右側には竹と樹木の疎林が茂ったなかに第三中隊がいた。

その先にどの隊がいるか分らなかったが、こんなときに全大隊の指揮をとらねばならない大隊長と、大隊本部中隊の位置がまったく分らない。

やむなく大隊の指揮は第三中隊長の松村大尉がとることになった。

古年次兵たちは煙草を喫いながらいいあった。

「ここまできて、急に命が惜しくなったんだろう。目立たねえ谷間でへばりついているんだよ」

「そうかも知れねえ。この辺はいちばん危険だからな。昨日はあれだけ白人兵を大勢やっつけたんだ。どうせただでは納まらねえよ。迫の雨か、俺たちを踏みつぶしにくる戦車かに、やられちゃうことになるよ」

インパール道とシルチャー道の分岐点には機関銃中隊と配属隊がいる。その辺りには幾つかの草葺小屋が残っているが、戦車の猛攻を受けやすい低い傾斜地で、もっとも危険である。機関銃隊は自分たちがいちばん先にお陀仏《だぶつ》になると知っているが、命令に従うしかなかった。

兵隊たちは偵察機の轟音《ごうおん》のなかで睡《ねむ》っていたが、耳をつんざく戦車砲の炸裂音で飛びあがらされた。機銃陣地には「ヒュッ、ドーン。ヒュッ、ドーン」とさかんに砲が撃ちこまれている。第四中隊の前面には敵歩兵が近づいていた。彼らは陣中の日本兵が静かなので、全滅したかと思い、たしかめにきたのである。

古年次兵たちは慌てず、陣前十メートルまで引き寄せ、猛然と射撃をしておびただしく倒す。

敵戦車一台が停止して、砲と機関銃で猛烈な射撃をする。

「隠れていろ。戦車は破甲爆雷がおそろしくて入りこんでこねえ。発煙筒を焚いてやっただけで怖がって逃げちまうよ」

戦車はやがて銃砲弾を撃ちつくしたのか、後退していった。

機関銃陣地は集中砲撃をうけたのであろう、戦車が後退してゆくと、丸腰の兵隊二人が第四中隊陣地へ駆けこんできた。

「われわれは機関銃隊の者ですが、ただいまの攻撃で機関銃はすべて破壊、全員行方不明となりました」

壕内の古年次兵が答えた。

「ここもつぎに狙われるよ。すぐに後方の指揮班に合流しろ」

第四中隊の被害は、二十日には一等兵一名が砲の直撃で戦死したのみであったが、二十一日には戦況が激変した。

夜明けから敵の戦車、歩兵協同の本格的攻撃がはじまった。歩兵は喊声をあげ突撃してくる。敵飛行機は終日低空を旋回し、機銃掃射を浴びせてくる。陣地には続々と被害がふえてきた。死傷者が続出する最中に、軽機関銃班に、後方指揮班の位置へ下り、敵歩兵の突入を防げという命令を持った伝令が、飛びこんできた。

「なにをばかなことをいうか。いま軽機を抱いて外へ出りゃ、たちまちやられるぞ」

だが伝令は、命令だけをいいおくと、駆け戻っていった。

やむなく機関銃班長と弾薬手の上等兵が壕から出て、這いながら指揮班へ向おうとした。五、六歩も這った頃、戦車機関銃の斉射をうけ、前方に砂煙が壁のようにわきあがり、班長の抱えた軽機の放熱筒が欠けて飛んだ。同時に右足がきかなくなり、左手から血が噴きだしてきた。

弾薬手も「やられた」と叫ぶ。弾薬手は腹部に敵弾をうけ、腸がはみ出している。這い寄ろうとするが、右足が動かず、左足も動かない。

「絶対に動くな。戦車が見ているぞ」

まもなく瀕《ひん》死《し》の上等兵が軍人勅諭五カ条を誦《しょう》しはじめた。

「ひとつ、軍人は忠節を尽すを本分とすべし」

班長はその声を聞き、唱和しようとしたが、鉄帽の上からハンマーで強打されたような衝撃をうけ、意識を失っていた。

班長が誰かの呼ぶ声でめざめると、豪雨が全身を濡らし、辺りが薄暗くなっていた。傍についていた衛生兵が告げた。

「班長殿の分隊は全滅しましたよ。生き残ったのは、あんただけだ」

班長は右大腿部盲貫破片創、左手四指銃創、頭部は鉄帽が吹きとぶほどの打撲傷で、鼻血がとまらず、頭痛がつづいた。彼は衛生兵に扶《たす》けられ、戦友の遺骨として小指を切りとり、三角巾に包んでもらい首にかけた。

味方の後続部隊は姿を見せず、他の中隊も兵数が激減し、静まりかえっている。戦車がきたが、こちらの様子を見守っているばかりで、ときどき戦車のまわりから敵歩兵が自動小銃で射撃して、反応をうかがうばかりである。

班長は右足が曲らないので、衛生兵に浅い壕を掘ってもらい、そのなかに腹這いになって軽機を構えていた。

二十三日は小雨で、ときどき薄陽が洩《も》れる日和《ひより》であった。

英軍は戦闘機、戦車、歩兵をいっせいに出撃させ、ビシェンプール北端地点を占拠する日本軍陣地を蹂躙しようと、突撃をくりかえす。

日本軍歩兵は、戦車の掩護をうけ殺到してくる敵歩兵を近寄せないため、軽機、小銃射撃で死にもの狂いに反撃する。敵歩兵は手榴弾を束にして壕内へ投げこんでくるので、日本兵はそれが爆発するまでの二、三秒間に投げ返すため、一瞬も緊張をゆるめることができない。

陣地後方に入りこみ、たこつぼ壕を踏みにじって内部の兵隊を圧死させている戦車に対し、擲弾筒分隊長が小銃に夕弾をとりつけ射撃した。夕弾は命中したが、なぜか戦車は破壊されず、分隊長は直撃弾をうけ、壕内に下半身を残し、上半身を吹きとばされてしまった。壕もろともに戦車に押しつぶされる兵隊があいつぐ。

その夜、第四中隊のわずかな残兵は、第三中隊陣地の右端に後退した。その附近はマンゴーの大木が茂っていて、まだ集中攻撃をうけていなかった。

衛生兵が負傷者の治療をおこなっていたが、医薬品が使いはたされてい。盲貫銃創の重傷者でも、ガス壊疽《えそ》予防注射もできず、蛆虫《うじむし》をとりはらうス壊疽に罹れば、筋肉は雪をつかむような感触で、崩れ去ってしまうのである。

敵戦車三輌がふたたび現れた。午前十時頃、前夜まで第四中隊がいた陣地にさかんに今を加えていたが、無人であるのに気づくと、第三中隊陣地に進出してきた。

一時間ほどの砲撃を浴びるあいだに、マンゴーの樹林は吹っ飛び、地面は畑を耕したようになり、第三中隊陣地は地形が変るほどの砲撃をうけ、中隊長で第一大隊長代理の松村大尉は砲の直撃をうけ、遺体さえ残らない最期を遂げた。

第四中隊の生存者十三名の長である佐藤准尉が、夜になって第三中隊へ連絡にゆき、帰ってきて落胆《らくたん》をかくさなかった。

「三中隊は誰もいない。何の連絡もせずにさがるようなことをしていいのか。大隊長は突撃命令だけ出して逃げやがった。

これだけの犠牲を払い陣地を確保しているのに、砂子田大隊も戦車隊もまったく連絡してこない。このまま全滅すれば犬死してしまうから、ブンテの集落まで後退しよう」

各陣地に残留している兵がいないか確認のため、曹長と兵各一名が兵士を捜索に出かけたが、たちまち機銃射撃の音が響きわたり、二人は戻らなかった。

第一大隊のうちで、最初に攻撃をうけた三叉路附近に陣地を置いていた第一機関銃中隊は、兵力が六十名ほどであった。

三輌の戦車はこちらの陣地を発見すると、すさまじいいきおいで戦車砲、迫撃砲を撃ちこんできた。とても応戦できるような状況ではなかったので、五十メートルほど離れたマンゴー林へ退避するため、兵隊が飛び出すと、たちまち戦車機銃が射撃して、十メートルも走らないうちに、片端から倒された。

指揮班のたこつぼ壕の前に一輌の戦車が停止し、天蓋をあけ、搭乗兵が双眼鏡で様子をうかがっている。戦車のまわりに敵歩兵がむらがっていた。

一人の伍長がたこつぼから飛び出し、「だめだぞー」と喚きながら退避してきたが、林へ駆けこむまえに、もんどりうって地面に体を叩きつけ、動かなくなった。

機関銃中隊陣地が発見され、戦車砲をたてつづけに撃ちこまれた。八十六ミリ砲弾が破裂すると、重機、軽機は一発でバラバラに砕けてしまう。

周囲の壕にいた兵が、つづけざまに三人被弾して戦死した。迫ってくる敵歩兵にむけ、狂ったように軽機の引金をひき、「五人やったぞ」「七人めだ」と叫んでいた若い兵隊が突然静かになった。眉間《みけん》と上唇から血が噴きだしている。

若い少尉が叫んだ。

「もうだめだ。死ぬ覚悟で脱出しろ」

声に応じ、前方の壕から二人の下士官が飛び出してきて、少尉と軍曹が身を寄せあっているたこつぼに飛びこんできた。

「小隊長、小隊長」

叫びつつ走ってきた二人は、戦車砲の破片を全身にうけ、少尉たちの上にのしかかってきて、壕内へ引きずりこもうとしても動くこともできない。彼らの血が肩から胸へ流れ落ちてくる。手当てをするため立ちあがれば、全員戦死である。

「がんばれ、しっかりしろ」

懸命にはげますが、切迫した呼吸と呻《うめ》き声が聞えるばかりである。

鉄帽、軍刀も持たない指揮班の曹長が飛びこんできた。

「中隊長以下全部やられた」

曹長は壕に入ろうとしたが、背中が外に出ている。

壕になかば引きこんでいた軽機が、砲撃で吹っ飛んだとき、曹長もいなくなった。肉塊となって飛散したのであろう。

少尉と軍曹は、頭上にのしかかっている二人の下士官が、すでに息絶えているのをたしかめた。

少尉が軍曹に命じた。

「戦況報告をしないで自決するわけにもいかん。犬死だ。ここから脱出して聯隊本部に戻り、中隊は全滅。俺が最後に自決すると報告してくれ」

軍曹は答えた。

「いまは午前十時です。脱出しても十歩も走らないうちに、銃砲撃で体が粉々になります。脱出はせめて、日没が近づいた頃にやりましょう」

だが少尉は、死者の汗と血と排泄物のにおいのまじった暗い壕内で、屍体の重量を全身で支えつつ、両眼に燃えるような光をたたえ、軍曹を睨《にら》みつけた。

「おい、これは命令だぞ。貴様は上官の命令が聞けんのか。いますぐ脱出しろ。生きて聯隊本部に到着できたら報告せい」

軍曹は少尉がなにを考えているのか想像がついた。

二人が戦死者の下敷きになっているよりも、一人になって残留するほうが、体力を消耗しない。壕内で息をひそめている二人は、どちらもかすり傷を負っているだけであった。

敵戦車は眼のまえにいる。軍曹が血まみれの屍体の下から這い出せば、即死の可能性はほぼ百パーセントである。

たこつぼのなかに思いがけない生存者がいたのを見た敵は、それを射殺したあと、壕内にもう一人生きて潜んでいるとは、たしかめもしないだろう。二個の屍体は早くも腐敗臭を放ちはじめていた。

――この野郎は俺を死なせ、自分だけが夜になって脱出するつもりか――

古年次兵である軍曹が、少尉の心中を読むのは難事ではなかった。殺意がゆらめいたが、狭い壕内で帯剣を抜くことができない。二人とも拳銃を持っているが、発射すれば音を聞きつけた敵兵がたちまち襲いかかってくる。

命令に違反すれば、少尉は聯隊本部に帰還できたとしても、軍曹を抗命の罪で銃殺するか、死地へ追いやるにちがいない。軍曹は決心した。

「ただいまより脱出いたします」

「よし、いけ」

「どうかご無事で」

「うむ、ここにいてもどうせ死ぬんだ。いさぎよくいってくれ」

軍曹は屍体をわずかずつ持ちあげ、日の照りわたっている地上へ出た。

すぐ前に両足を宙に突っ張った馬の屍体がある。わずかにふりむくと後方の三叉路に戦車が二輛いて、こちらに砲身をむけていた。陣地直前の路上に一輛がいて、周囲を警戒している。

軍曹はじりじりと這ってゆく。敵はすぐには気づかなかった。上半身が壕の盛土に隠れていたからである。だが尻の動きが発見されたのであろう、五メートルほど進んだとき、戦車機銃の一斉射撃をうけた。

弾丸は盛土に小石を投げるように突き刺さる。

「もうだめだ。最期のときだ」

軍曹が死を覚悟したとき、尻の右側に棒で殴られるような衝撃をうけ、動くのをやめた。被弾した、もう歩けない。どうとでもなれ。軍曹は寝そべったままでいた。戦車機銃は射撃をやめた。死んだと思ったのであろう。

尻の痛みはわずかであった。そろそろと手をまわし、さわってみると指先が粘る血に染まった。

まちがいなく被弾していたが、右足を曲げてみるとふつうに動き、歩けそうである。どうするかと考えるが、いま身動きして生きているのを発見されると息の根をとめられる。

いまは午前十時、日没までに八時間もある。戦車はたがいにサイレンを鳴らしあい、附近を警戒している。

三メートルほどうしろの左寄りに馬の脹れあがった屍体があった。右側に砲弾にへし折られた竹が十数本ある。

あの間へ身を隠せば、戦車が近づいてきても、生きているのを発見されないだろうと、軍曹は数ミリか、せいぜい一センチほどずつ、俯《うつぶ》せのまま身をよじって這い、三十分ほどかけて竹と馬の屍体のあいだへ隠れることができた。

照りつける日射しは燃えるように暑い。静まりかえった陣地のあちこちから兵隊が息をひきとる前のつぶやくような声が聞えてきた。

「お母さん」

「班長殿」

「おう、お前、きたか」

家族の幻覚を見ているような声もあった。

屍体のふりをしている軍曹の十時間は、尽きることがないと思えるほど長かった。このまま死んでしまうのかと幾度も覚悟をきめるうち、小雨が降りだし、日没がきた。人の呻き声もなくなり、銃砲声の絶えた戦場は、雨音が耳につくばかりである。軍曹は立ちあがり、辺りを歩きまわった。各中隊は機関銃を放置したまま後退したのか、動く人影はまったくない。

まっくらな堀を伝って三叉路へ出た。陣地の壕には屍体が折り重なっている。軍曹の眼から涙が噴きだした。中隊員四十数名の顔は、闇黒のなかで見分けられない。

「お前たちの屍体は、きっと収容するから待っていろ」

軍曹は彼らに呼びかけ、雨のなかを砂子田大隊がいるであろう南の方角へ歩きはじめた。尻の負傷は弾丸が筋肉を貫通しただけで、歩くのに不自由はなかったので、三角巾でむすんだ。午後七時頃、丘の裾を流れる小川の辺りに出たとき、他の中隊の曹長以下四名の兵隊に出会った。名前を聞いたが知らない連中である。

軍曹は彼らに頼んだ。

「俺は第一機関銃の者だ。中隊は全滅した。自分は尻に一発くらったが、歩ける。同行させてくれ」

曹長がことわった。

「俺たちは敵陣へ夜襲をかけにゆくんだ。機関銃中隊の兵隊なら、この先の三叉路の手前に何人かいたよ」

軍曹はその言葉を信じて三叉路のほうへ歩いてゆくと、突然数発の狙撃を受けた。おどろいて引き返すと、さっきの四人はどこにもいない。負傷している彼を見捨てたのである。

曳光弾《えいこうだん》がしきりにこちらへ飛んでくるが、こちらを狙っているようでもないので、五メートルほどの幅の浅い川を渡り、インパール道に出て南へ歩いてゆくと、前方に黒いものが見える。近づいてゆくと、道路を遮断している戦車であった。

ただちに後戻りをするうち疲れはて、道端《みちばた》に腰を下すなり熟睡した。めざめると、夜が明けていて、靄《もや》が濃くたちこめている。周囲は平坦な野原で靄が晴れると身を隠す場所もない。

辺りを見廻すうち、ビシェンプールの方向から黒い人影が近づいてくる。軍曹はあわてて道端の用水路に飛びこむ。水深は腰まである。軍曹は拳銃の撃鉄をおこし、発見されれば一人でも冥途の道連れにしようと、水中にしゃがんだ。

やってきたのは、頭からテントをかぶった英兵であった。一人が通り過ぎると、また二、三人がやってくる。

彼らは水面から首を出している軍曹に、まったく気づかなかった。

軍曹は英兵の一団が通りすぎたあと、道から百メートルほど離れたところに葦《あし》の茂みがあるので、そこへ這ってゆき身を隠す。

道路は英兵の運転するジープがしきりにゆきかい、荷馬車が通る。磁石で南の方向をめざせば砂子田大隊がいるはずである。

軍曹は終日雨に濡れ、夜を待った。尻の傷が痛むが手当ての薬もない。日が暮れてのち、草原のなかを南へむかうと、有刺鉄線に触れ、英語の叫び声がおこり、曳光弾を十発ほど撃ちかけられたが、動かないでいると、静かになった。

その後、軍曹はひたすらインパール道を南へ歩き、疲れはてて用水路に半身を浸して眠った。目覚めると朝であった。間近に村落があり、爆弾孔がいくつもあって、空家に人影がなかった。ここはどの辺りだろうと見まわすうち、道路に人影が二つ見える。空家に隠れ、様子をうかがっていると、日本軍の将校と兵隊であった。地獄に仏とはこのことだと、軍曹は飛び出していった。

将校は重砲聯隊の連絡係で、砂子田大隊がビシェンプール攻撃に失敗したので、帰るところであった。

「砂子田大隊の陣地は、すぐそこだ」

軍曹は掩体壕《えんたいごう》のなかにいた砂子田大隊長に、戦闘の顚末《てんまつ》を報告し、大隊長はそれを聯隊本部に伝え、軍曹の任務は終った。

大隊長は軍曹に思いがけない事実を教えてくれた。

「昨夜、斉藤少尉以下二十数名がここに立ち寄り、聯隊本部へ戻っていったぞ。お前も治療を受けて本部に戻り、野戦病院に下れ」

やはりそうだったかと軍曹は思った。

彼を戦車の標的にしかねない命令を下した少尉の名は、斉藤であった。

ビシェンプール突入作戦により、第一大隊は三百八十名のうち三百六十名を失った。インパール道封鎖のため二九二六高地に布陣した第二大隊も、第一大隊と同様に戦車攻撃と砲撃で大損害をうけ、五百名のうち四百六十名を消耗した。
このあとまもなくインパール作戦は全戦線が崩壊し、作戦中止、総撤退の地獄のような敗北を味わうことになった。陸軍参謀の秀才たちがえがいた机上の作戦は、四分五裂となって終結した。
ビルマ方面軍兵站参謀倉橋中佐は、第十五軍の状況について、おどろくべき報告をのこしている。
作戦前の総兵力　十五万五千名
生還者総数　三万一千名
犠牲者総数　十二万四千名

犠牲者率　　八十%

最前線にいた戦闘部隊は、敗走の途中ですべて倒れ、帰還した者はいなかったといわれている。白骨街道と呼ばれる、泥濘《でいねい》の悪路に衰弱しきった体力を吸いとられ、あいついで倒れていったのだ。

国家機能を動かす者の資質が劣悪であるとき、国民は塗炭《とたん》の苦しみを味わうことになる事実が、六十余年前の大戦で証明されたことを忘れてはならない。

あとがき

この小説を書こうと思いたったのは、私が大阪で会社員であった頃の上司、加藤操六氏が、ビルマ作戦で死線を越えてこられたことを知ったためであった。

加藤氏は香川県善通寺の騎兵第五十五聯隊の曹長であった。長身でひきしまった体は、姿勢がきわめてよかった。背筋がまっすぐにのび、顎をひいて歩く姿は、軍人であったことがひと眼でわかるほど、隙がなかった。

取材に吹田のお宅へおうかがいすると、自家用車で駅までお迎えにお越しいただいたのには恐縮した。取材にはていねいに応じて下さり、貴重な資料をお送りいただいたので、仕事にとりかかることができた。

いまひとり、協力をお願いした方は、田中博也氏である。やはり会社の先輩で、いまは東京で宝石商をしておられる。田中氏の紹介で、前橋予備士官学校の第七期卒業生（ビルマ従軍を経験された元士官）の方々にお会いして、直接取材できた。

さらに九段の偕行社で、ビルマ会の例会に出席し、三澤錬一氏、丸山寿一氏、鈴木秀一氏らビルマ作戦の苛烈な戦闘を重ねられた方々にお眼にかからせていただいた。

そのうえに三澤氏、丸山氏のお宅に参上し、当時の体験をお聞きすることができた。

田中博也氏の令兄は陸軍中尉で前橋予備士官学校第七期生であったが、インパールを目前にしたコヒマで敵弾をうけ、散華された。そのようなご縁があったので、ビルマ会会員の方々が胸襟をひらいて話して下さったのである。

資料を提供して下さった方々の熱意と、幻冬舎小玉圭太氏、森下康樹氏のご協力をいただいたことをあつく感謝します。

ビルマ会へはじめて取材に出向いたとき、九十歳になったという元曹長が、老いてなおたくましい体をそらせて、いいはなった言葉を忘れない。

「いまはもう遅すぎる。分かるかね、遅すぎるんだよ」

私はその言葉のうちにこめられている、憤りと悲しみに心をうたれ、言葉もなかった。

参考文献

『四国師団史』（陸上自衛隊第十三師団司令部・四国師団史編纂委員会）
『戦史叢書　ビルマ攻略作戦』（防衛庁防衛研修所戦史室）
『戦史叢書　インパール作戦・ビルマの防衛』（防衛庁防衛研修所戦史室）
『元陸軍少将　桜井徳太郎陣中日誌』（四国地区ビルマ戦友団体連絡協議会発行）
『ビルマ作戦回想録――第三十三軍情報参謀の祈状――』（田中博厚著・文遊社発行）
『最後の騎兵隊』（編集者・筒井修／今原旭　発行者・井上節斎）
ほか

この作品は「ポンツーン」二〇〇八年四月号から二〇〇八年十一月号に連載されたものに加筆・修正をしました。

〈著者紹介〉
津本 陽　1929年和歌山県生まれ。東北大学法学部卒。78年、「深重の海」で第79回直木賞、「夢のまた夢」で第29回吉川英治文学賞を受賞。著書に『異形の将軍』『小説 渋沢栄一』『勝海舟 私に帰せず』『覇王の夢』『松風の人 吉田松陰とその門下』（すべて幻冬舎文庫）などがある。

GENTOSHA

泥の蝶　インパール戦線死の断章
2010年6月25日 第1刷発行

著　者　津本 陽
発行者　見城 徹

発行所　株式会社 幻冬舎
〒151-0051 東京都渋谷区千駄ヶ谷4-9-7

電話:03(5411)6211(編集)
03(5411)6222(営業)
振替:00120-8-767643
印刷・製本所:図書印刷株式会社

検印廃止

ISBN978-4-344-01848-8 C0093
幻冬舎ホームページアドレス　http://www.gentosha.co.jp/

この本に関するご意見・ご感想をメールでお寄せいただく場合は、
comment@gentosha.co.jpまで。